フランコ・パルミエーリ
Franco Palmieri

谷口伊兵衛 訳
Taniguchi Ihei

ウンベルト・エコ作
『女王ロアーナの謎の炎』
逆(裏)読み

Loana & il Professore
Pamphlet illustrato verso un'opera
di Umberto Eco

而立書房

ウンベルト・エコ作
「女王ロアーナの謎の炎」
逆(裏)読み

Franco Palmieri
Loana & il Professore
Pamphlet illustrato verso un'opera
di Umberto Eco

© 2005 by Edizioni Ares
Japanese translaton rights arranged
with Edizioni Ares, Milan, through
MEIKE MARX, LITERARY AGENT, YOKOHAMA

読書中にはもう何も創造できないにしても，
一切を再利用することができる。
　　　　　　　　　　　　　　　──トーテ・アンヴィン

ジョルジュ・ペレスとガイオ・フラティーニを記念して

詩人たちはメテッルス・ナエウィウスにリンゴを与えるであろう

1940年刊のオエプリ社のゲーム本

本書へのみちしるべ

チェーザレ・カヴァッレーリ

　本書はウンベルト・エコの小説『女王ロアーナの謎の炎』への評論ではありません（この小説は昨年〔2004年〕，書籍ランキングの頂点に立って一時期名声を博しました）し，ましてやこの小説のパロディーでもありません。この記号論学者が失敗したところで成功している以上，本書はエコの労苦とパラレルであるにもかかわらず，自律した著作なのです。実際，パルミエーリは小説『ロアーナ』の鉛玉に対抗して面白い本を書いたのです。

　『謎の炎』を読んだ（終わりにまで到達したと自負してはいなくても）方なら，パルミエーリの凝り過ぎた論法に楽しみを見いだされるでしょう。エコに疎い人でも，暗示しながら説明したり，悩ましたりする，パルミエーリの妙技に満足できるでしょう。ですから，上記のことのあかしとしての，フランコ・パルミエーリの自律的（でユーモアにあふれた）本書は，『女王ロアーナの謎の炎』（ボンピアーニ社，ミラノ，2004年，全452ページ。19ユーロ）＊のパロディーであるばかりか，評論でもあるのです。ウンベルト・エコは彼の主人公にして分身でもあるヤンボを幼児期の家の屋根裏部屋に置くというアイデアでもって，精神形成を刻印してきた対象の数々の再発見を通して記憶を回復させようとしたのですから，彼が書いたのは小説ではなくて，一つの系譜が出来上がることを欲している，自己顕示欲の強い成り上がり者の収集した1930

　＊　英訳（G. Brock 訳）*The Mysterious Flame of Queen Loana* (London: Secker & Warburg, 2005), pp. 258, £17.99あり。ペーパーバックも出ている。（訳注）

年代および1940年代の物品カタログなのだということ，パルミエーリが立証しているのはこのことなのです。カタログといっても，不完全なものでして，当時の上流有産階級の真の収集家の目録に比べれば，欠落がはなはだしいことは，エコも信じ込ませようとしているかに見えます。

　パルミエーリがその遊びを仕上げるための手段は二つあります。アナグラム（字句転綴）と脱線です。アナグラムでもって，彼は（零度のものとはいえ）ポスト構造主義記号論を模倣しています。ですが，エコの表題の字母を解体したり再構成したりすることにより，驚くべき真実が現われるのです——ロアーナの"ヒステリー"（これはまた，悪い予感"不機嫌なロアーナ"でもあります）と，エコの再感染欲といったような。

　脱線でもって，パルミエーリ（彼はエコの小説への三篇のもっとも手厳しい批判を懸命に転写しています）は別の領域や人物たちに到達し（打撃を与え）ているのです。たとえば，彼はヴァルテル・ヴェルトローニの小説『パトリーチョをなくして』(*Senza Patricio*) ——アナグラムは，《政治行為が悲しいヴァルツェルに生じた》(Politicar a Tristo Walzer Venne) ——に対して皮肉ったり，従順な批評家たち，アルベルト・アゾル・ローザとアントニオ・ドッリコを嘲ったり，トゥリオ・デ・マウロをからかったりしており（「卓越した言語学者であり，祖国のそびえ立つ不適任な教育大臣でもある」），ジャンパオロ・パンサの"死体安置所的・歴史的な"物語『敗者たちの血』(*Il sangue dei vinti*) を再調整したりもしている（「既刊の年代記や書物から引き出された，（1945年4月25日後に）終結した戦争において，残忍に殺害された人びとの委細を含む死亡記事」。ジャンパオロ・パンサのアナグラム，《おお，ページ塗り女め》Aò, spalmopagina；『敗者たちの血』*Il sangue dei vinti* のアナグラム，《聞いたか

い？　ジュリーヴィ・ダネよ》Senti? Giulivi Dané)。

　でも，フランコ・パルミエーリが悪意のある酷評家だとは決して思わないでいただきたい。彼は全然意地悪ではありませんし，気晴らしの軽い調子を維持しながらも，微笑しつつ，文学批評ばかりとは限らない，若干の重要な獲得物を開陳し（もしくは直観させ）ております。

　たとえば，ウンベルト・エコはこの"小説"でもって，彼の以前の文学作品を否定しているのだ，と言うのです。実際，まず『バラの名前』では，現実は存在せず，決定的なのは，名辞，言葉であることを実証しようとしたのですが，『女王ロアーナ』では，聾啞な物品のカタログ化を通じて現実に到達して，記号論学者エコよりは収集家エコを優先させているのです。

　そればかりではありません。唯名論から実念論へのこの回帰は，言語革命に賭けていた新前衛（エコはこれに著しい貢献をしてきたのでした）の仕事を無用にしています。こういう実念論への"転向"は，物書きとしては，いつも（トマス流に"節度のある"）実念論者を明言している者を喜ばせることではありますが，これは哲学的な"転向"なのです。文学は別のところにあります。エコのレパートリーたる物品はトゥルコ・エンベーオ（"ウンベルト・エコ"についてパルミエーリがひねりだした数多くのアナグラムの一つ）が示唆しているように，歴史的に並べられてはいないだけになおさらです。今度の小説には，文学の基本成分──想像力，創造性──が欠如しているのです。しかも，発見物のマニアック（で不完全）なカタログにおけるこういう物品，事物の勝利は，左翼の挫折をも裏づけています。この左翼は文化を通して，社会主義的な階級間の協調主義の確認を実現しようと考えていたのですが，今日では逆に，総体的な消費促進主義を通して，社会的平等を目指す戦略で満足し，その結果，市場組織に適合したり，

「新しい闘争形態」を考えだしたりしているのです。「すなわち，不動産の不法な占有，スーパーマーケットにおける略奪，（存在の自由は所有の権利にあるのですから）公金で社会センターを恒久化する試み」を。

　ですが，ここでもイデオロギー的，もしくは"社会的"な罵倒のことを考えないでいただきたいのです。つまり，アングロサクソンのウィットと，イディッシュのユーモア（フランコ・パルミエーリはこれの研究者として国際的に有名です）という，二重の根元をもって，彼は傷つけることなく，厳しい非難をして楽しむことに成功しています。ちなみに，巻末の「作中人物索引」を一瞥されるだけでも，パルミエーリの知的なからかいの特質を把握するのには十分です。

始まり

　記号論学者の小説が,「で, あなたのお名前は？」という文で始まるのは当然だとしても, これではわれわれが何か違反した後で立ち止まっているときの, まさしく"警察官"みたいなアプローチを想起させる。

　言語学の教授には尽きることのない強迫観念——事物に名称を授けること——があるのだ。ところで,『女王ロアーナの謎の炎』の主人公（ヤンボ＝エコ）は, 自分が誰かをもはや知らず, 自己認識を喪失してしまっている。だから,「お名前は？」と訊かれて, 動揺し自問するのだ——「いったい俺はどうしたんだ？」

　答えはまさしく小説の冒頭の文言「で, あなたのお名前は？」（E lei come si chiama?）にある。字母を入れ換えると,「ああ, 私には溢血斑が……」（AI, A ME LE ECCHIMOSI...）になろう。エコは肘掛けいすから落っこちて, そのためもちろん, もう何も思い出せなかったのだ。

　この転倒の痕跡は, われわれの多くがその後生涯にわたり持ち続けることになる。

＊　　＊　　＊

ウンベルト・エコの記号論への愛の起源については, われわれはさまざまな証言を有している。わけても, もっとも信頼できるのは, 後のウンベルト・エコ教授（われわれは Pue と呼ぶことにしよう）が通った幼稚園の謎の女性用務員マリエッタが残した証言である。彼はたいそう賢かった。3歳で読み書きできた。も

う100歳を越えていながら頭脳明敏なマリエッタ夫人の話によると，ある朝点呼のとき幼いウンベルトは返事をしなかった。先生が「エコはいる？」と繰り返した。すると，最後列の腰掛けからかすかな声がした──「先生，ぼく回文みたいになっているよ」。数秒間の冷ややかな沈黙の後で，その教師はどっと笑い出した。それから，黒板に近づき，ほかの幼児たちがぼんやりしていると，こう書いた，"Eco c'é"。矢印は左から右へも，右から左へも読めることを示していた。この日から，エコはもう言語学の途上で立ち止まりはしなかった。このときから，幼児たちは彼を"回文"と呼んだ。より正確には，"逆さまに読んでも同じまま"（Bifronte）と言うべきだったろうが。

＊　　＊　　＊

　ある本に関する話をどうして言語遊戯から開始させるのか？そのわけは，ここでよく言及する小説『女王ロアーナの謎の炎』の作者が言語学教授であるからなのだ（この学問の長子が記号論なのである）。われわれは話したり伝達したりすることを学んだときから，記号を用いる。われわれは記号を用いることしかしない。記号に入り込むためにもそれをこじ開けたり，慰めの結果を追い求める場合には，違反の意志をほのめかしたりする。だが，これはまた文学の機能（メッセージではない）でもある。

　われわれが検討しようとしている本のアイデアも，ここから出発している。この本のアイデアは素敵なものだった。ただし，そこから練り粉が調理されるのだ。エコの小説全体が一つの記号論的実験なのである。こうなるのも当然なのだ。なにしろ，われわれの五感に振りかかる世界全体がわれわれにそれの実在を伝えるのも，まさにわれわれのこれら「５つの〔小説の〕アンテナ」のおかげなのだからだ。したがって，すべては言葉とコミュニケー

ションなのである。

 ところで、すべての記号が論駁可能だということは周知のことである。実際、「で、あなたのお名前は？」なる文言は、コミュニケーションの音（音素）を用いているとはいえ、そのほかのシニフィエ（意味）をも含んでいる。

 記号が明確かつ一定のシニフィエに服するためには、一つの構造の中に導入されねばならない。つまり、記号は閉じ込められねばならないのだ。このことこそ、作家が為そうとすることなのである。『特性のない男』の中で、ムージルは注記していた──「意味はわれわれがその中に認めることのできる真理をそれ自体のうちに結び合わせる」。

 だが、この主張に対する疑念は非常に多い。あらゆる記号は、異なる文化コンテクストに置かれると、同一のシニフィエを表わすとは限らない。したがってまた、名詞"構造"には形容詞"人類学的"が随伴しなければならない。だが、われわれは間違った道に進入しつつあるのだ。

 ルチャーナ・マルティネッリがジョルジョ・マンガネッリにおこなったインタヴュー「遊びとしてのエクリチュール」(*La scrittura come gioco*, in *Mondo Operaio*, n. 7/8, 1979) の中では、こう読める──「読者や批評家が作品から欲していることは、その作品の実態とは無関係です。世間は文学に独特の尺度を授けたがりますし、文学の独創性は、その文学のものではないようないかなる態様からも、捕らえられず、感じられぬくらいに免れることにあります。文学作品の構造・言葉・イメージは、厳密かつ恣意的な技巧を有しています。記号の純然たるセレモニーと記号の連鎖、これらに呼応している指示物で、この儀式の抽象的完成に無縁なものは一つとしてありません」。

 さらにその先では、逆説的な遊びをともなっている──「文学

は大いなる曖昧さに苦しんでいるのです，言葉(複)を使用するということに。このことは読んだり聴いたりする人びとに，あるメッセージを聴いているのだ，との確信を生じさせます。こういう問題は，絵を眺めたり，音楽を聴いたりするときには提起されはしません」。

引き続き見てゆくことになろうが，小説『女王ロアーナの謎の炎』は二重の記号体系を利用している。言葉と物である。言葉はわれわれが書いたり話したりするのに用いるものである。物はそこにあるし，われわれがそれを名指ししなくとも存在する。だが，物を規定したり，固定したりすることは，われわれの強迫観念なのだ。

エコは或る物を（どういうもので，なぜかは後で分かるだろう）或る箇所に置いたし，そして，語りの過程で，一人物を現実に固定するためにそれらの物を利用している。

記号（言葉）を持てば，物の認識を持たざるを得ない。だが，この認識，この知識をわれわれが失えば，いったい何が生起するか？　これは，われわれが小説と読んでいるフィクション，語り的絵空事として形を成している書物の構造的仮説なのだ。

だが，マンガネッリも主張していたし，われわれも言ってきたように，記号(複)を盲目的に信頼するわけにはいかない。言語学は始祖の時代から（ただし，ポンペイの魔方陣 "Rotor", "Sator", 等に遡るのは無用だ）フェルディナン・ド・ソシュール（『一般言語学講義』。1922年パリ版は弟子のバイイとセシュエによって編まれた）によって，言わば，恐るべき違反にゆだねられているのだ。トゥリオ・デ・マウロは『講義』の《序説》の中で書いていた——「すべてのテーゼ，もっとも奇抜なそれでさえ，立証と展開を受けうる，可能なテーゼと見なされる」。言語学的には，特定の記号に対してなされた一切の違反は，気晴らしから生じる。

だから、ジャン・スタロバンスキ（『言葉の下の言葉——F・ド・ソシュールのアナグラム』）に言わせれば、「いかなる明白な理論も、明白になればなるだけ、言語学では言い表わせない。この学問では、明白な観念に基づいたようないかなる術語も一つとして存在しないのが事実だと私は考えるからだ」。

　だが、問題は言語学に検印を押すことや、それをコミュニケーションのレースに向わせることではなくて、音素と物との間のつながりや必然性を突き止めることである。たとえば、ミシェル・フーコーの『言葉と物』におけるように。だが、これらの記号がひどく油断のならぬ、手の負えぬものだとしても、ある時点では——いつも——われわれがこれらの記号を一テクストの中に閉じ込めることしかしないのはなぜなのか？

　トーマス・マンは『ブッデンブローク家の人びと。ある家族の没落』の中で、言葉や意味を巻き込むこの神秘や、それらを一つの構造の中へ挿入するようにわれわれに迫る衝動について語っていた。「この楽しみが続いているうち、ふしぎなことに、小さなカイの心のうちに、本と張りあおう、自分でもなにか話をしようという欲求が芽ばえ、はっきりした形に成長しはじめたのだ。本に書かれている童話はやがてどれもこれもおなじみになってしまった……ので、それだけ一層これは結構なことだった。カイの物語は最初は短い簡単なものだったが、時がたつにつれて思いきった複雑なものになり、完全に根も葉もない作り話というより、むしろ現実から出発しながら、現実にひそやかな奇妙な光を浴びせるという点で、ひときわ興趣を呼んだ……」（川村二郎訳、「河出世界文字全集」18, 河出書房新社、1989年、296ページ）。

　これから見てゆくように、エコがその「別の‐自我‐人物‐ヤンボ」でもって為そうとしているのも、まさにこのことなのだ。この人物は漫画本（その自律的言語——エコが用いたのと同じ記

号（言葉）を用いている——でもってやっている）たる彼の物でそのことを為しており，しかもこれら漫画本は今度は別のものに姿を変えることができるのだ。われわれは暗い意味によって隠された明白な意味がはたして逆の働きをするのかどうかは決して分からないであろう。存在するのは，決して終わることのない物なのだ。なにしろ，それらの物が決して生まれたことはなく，生成のうちに存在しているのは，超越的なすべてのものと同様であるからだ。はっきりしない知識は，成長させない消費である。知識は循環的過程なのだ。

　この書物——われわれはこれを書物論への序論と見なすことにしよう——はしかしながら，エコの小説だけにかかわっているのではなく，一作家が自由に使っている手段および方法（これらの手段・方法をもって，彼は白ページに対面しているはずなのだ）に関する一つの控え目な考察として役立つこともできよう。われわれは五感を，世界を知るための手段として指摘しておいた。しかも第六感もわれわれは持っている（必ず持つ義務はないが）。それは直感，つまり，おそらく決して立証されることはあるまいが，それでも存在するものを，先んじて知る能力のことである。人間はみな同じなのだ。直感を持つ人びとは，あまり人間的ではなくて，少しばかり神により近いのである。先を見ること，それは予知である。立証することができないもの，だが，それの現前に気づけるものの存在を示唆する，このさらなる価値は，いかにして言葉に置き換えられるのか？

＊　　＊　　＊

　記号，言葉を非物質化すること。それはそれらを遊びに変えることによってのみ可能なのだ。本書『女王ロアーナの謎の炎』から出発することにより，われわれが為そうと目論んでいることも

シリーズ漫画『チーノとフランコ』から女王ロアーナの話は採られている

それなのだ。

* * *

多年にわたって，学会，学生，同僚，出版者，公衆もみな，ウンベルト・エコ教授の大きな愛着は記号論という，現実をあばくためにそれの目録を探究する術にあるものと確信してきた。だが，ある日のこと，教授の生涯に誘惑的な女王ロアーナがその炎とともに突然襲いかかったのだ。

また実際，ウンベルト・エコ教授は前世紀までは小説の"非読者たち"には，彼が経営していた「エスプレッソ」誌の機知に富むコラム「ミネルヴァの知恵袋」(La bustina di Minerva) だけで有名だったのである。小説の"読者たち"には Pue（ウンベルト・エコ教授）は逆に，ヴァカンス用の強力な出版マシーンだっ

た彼のまさしく小説によって有名だった。学生たちにとっては，Pue はアドルノやソシュールすらをも曇らせてしまった，自らの近寄りがたい数々の言語学エッセイで有名だった。

師匠は大事だが，学生は師匠を容赦したりはしない。変動が人生なのだ。

三千年紀に入って，Pue は収集家たちに有名になっている。われわれが注意深く見回しているこの本でも，そういうことが起きている。

Pue が収集家たちに訴えかけるわけは，彼らが時代の移住者であるからなのだ。彼らは過去を苦しい，息切れのする，やきもきする追跡の中で追い求めているが，それは哲学とか宗教のためなのではなくて，競売や市場，カタログや古物商，偶然の再発見や後のほら話のためなのである。このことは，彼らを打ちのめすどころか，彼らを大いに高めている。ぶちのめされながら，リングから降りたがらなかったボクサーみたいに。Pue による，言葉の記号論から，物の記号論への移住は，前者の消耗の（つまり，常用語彙がテレビで何でも言うために用いられている300語から成る時代の）結果だけなのではない。それはもっぱら消費万能主義，所有，（実際にどういう人物であるかではなくて，持っている人物——このことに注意！——に属することに基礎づけられた）社会・文化的差異の礼賛だけに向けられたマスコミの自然な進展なのだ。しかも裏面が表面と曲解されたのだ。Pue はわれわれからすれば，記号論の吟遊詩人だと思われたのに，実は記号論の犠牲者だったのである。記号(複)は彼を捕らえてしまったのだ。それらを表に出したり，自らの収集的・占有的な私的な苦しみを物語ったりして，自分をそれらから解放するようにと彼を誘導してしまうほどまでに。

Pue は言葉(パロル)の生体解剖の大家だった。だが，彼ががらくた屋

——たとえ，高価で，排他的で，高い身分ではあれ——の収集的日常生活の品物の数々を手がけることにより小物になった（実際に，彼は少しばかり幼児と化したに違いないのだが）とは思わないでいただきたい。なにしろ，真の大物は小物をいかに扱うかということからも，再認されるのだからだ。これこそが次の意味を隠している，短いうわさ話なのだ——大物は小物を扱っても，これらを偉大ならしめる。

　このことを実証するために，Pueは書物『女王ロアーナの謎の炎』を書いたのである。この書物はまた，植民地時代のアフリカの，ただしターザン様式の探検家たち"チーノとフランコ"というシリーズ漫画の1冊の珍しい絵本の表題でもある。たぶんブルース・チャトウィン（とカレン・ブリクセン？）もこの漫画に魅惑されて，罠に掛かったのだが，幸いにも彼はすぐ気を取り直したのだった。しかしながら，Pueのこの本は小説ではないし，これは彼のコレクター熱を話題にしたり，われわれに語ったりするための弁解なのだ。彼はそのことを少々恥じ入っていたし，実際，そうするために，彼は幼くなろうと欲したのである。

　この本のストーリー，"非プロット"はすぐに表明される。つまり，老古書籍商ジャンバッテスタ・ヤンボ・ボドーニ（もっとも，彼は"私はギャラモンです"と呼ばれてもかまわなかったのだ）は，ある事件（有名な肘掛けいす？）の結果，自らの記憶を失うのだ。記憶を回復するために，彼は幼時期の"しるし"（品物，書物）から時間を遡る。そして今や両手には，家族の歴史，隠された伝記，高官（つまり，生涯において別の喜びをもっているため，愛好家の珍品——ほかの欲望対象，排他的で高価極まる寄せ集め——を（明らかに）あまり考慮しない（それに触れたらもうおしまいなのだ）人びと）の掘り出し物が握られている。
「でも，これがレンブラント？　ベッドの下に蔵われている？」

「いや，そんなはずはない。カラヴァッジョ風のもの，ひょっとしてラニエーリか，ファン・ホントールの絵に過ぎないのかも。ベルナール・ベレンソンは原作者推定をためらった。だから，われわれはそれを戸棚の上に隠しておこう。18世紀のこの代物を，私の祖母はかつては生真面目にクリの実を焼くために使っていたものなのだが……」。

さてここで，Pue は自分の本にこれらふんだんな"無頓着"をまき散らしたのだ。だが，こうすることにより，家紋，家系，支え台，歴史，ピエモンテらしさが発生したのだった。

こんなことなら，たとえプルチネッラやトトー（彼らは人びとといばり屋との相違をはっきりと確定していた）が居なくとも，ナポリ人たちだってできただろう。だが，こういう教養はわれわれの"成り上がり者主義"に真理，信用，利益を与えたり，それを正当な緑青（ろくしょう）で覆ったりするのを助けてくれる。ある場合には，そうならないこともある。つまり，ありのままを晒している。だが，本書――『女王ロアーナの謎の炎』――も，記憶力が思い違いしたがらない場たる，無意識な告解の洞窟なのだ。言葉の真実が作者の真実に対峙しているのだ。

親愛なるマルセル〔・プルースト〕よ，きみはどこにいるのだい？

＊　　＊　　＊

でも，すでに要職を積み重ね，栄誉に恵まれた人びとが，どうして生涯と経歴の或る時点で文学的危険を犯す必要を感じたりするのか？　クセノフォンからユリウス・カエサル，福音史家たちからウィンストン・チャーチル，ジューリオ・アンドレオッティからビル・クリントンに至るまで，われわれには歴史の中に痕跡を残し，そして固有の時代を語ったり，書物で申冑――だけとい

うのではないが——に手段を供したりするだけに留まった人物たちの例はあるのだ。だが逆に，文学に挑戦する人びとはみな，どうしてそんなことをするのか？　どんな理由も立派で妥当だし，それら理由を調べても無意味だろう。なにしろ，作家から作家へと互換可能だからだ。つまり，快楽から必要性，遊びから野心，さらには逃避にまで及んでいるのだ。だが，われわれにとって魅力的なケースが二つある。ウンベルト・エコとワルテル・ヴェルトローニだ。彼らは〔トトカルチョで最高点の〕数13と，すぐには創作活動に入らなかった事実とを共有している。

　一方が言語学の教授であり，他方が職業政治家だということは，ここでは無関係だ。共通点は，ふたりが創造的・芸術的な原因で，信望と賛同を求めているということである。つまり，ふたりは自分でやっている仕事では言い表わし得ない種類のせいで——人類のすべてがそうであるように——尊敬されることを欲しているのだ。当然至極の憧憬だ。世間にはたんなる伝動ベルトに過ぎない教授とか政治家が充満している。芸術家たちは新規なものに知識を広げる。つまり，彼らがやることは排他的でユニークなのだ。なにしろ，彼らの世間を眺める能力は，超越的起源の或る性質——創造性——を反射することにあるのだから。みんながそれを感じてはいるのだが，みんながその創造性をもっているわけではない。「書いているの？」「ぼくは魂をひっ掻いているんだ」とマルセル・プルーストは答えた（ただし，このことの資料的裏づけがあるわけではない）。

　エルンスト・ユンガー曰く「神々に遡る必要がある。このことはつまり，芸術は神学的でなければならないことを意味する。さもなければ，神性と何か，ある関係を持ってもナンセンスである」（『予測』，1993年）。

　けれども信じられうるとおり，最後に爆発した潜在的不満のせ

始まり　19

いで，エコもヴェルトローニも大学や政界からは後退して，真の自由の場たる筆舌に尽くしがたい文学に触れるに至っている。したがって，数13を共有しているのだ。ここでわれわれが話題にしているのはエコと『女王ロアーナの謎の炎』であって，ワルター・ヴェルトローニと『パトリーチョをなくして』(*Senza Patricio*, 彼の物語集のタイトル) ではないのだから，彼らが共有している数13とは，エコにとっては，*La misteriosa fiamma della regina Loana* なるタイトルを形成している字母の数 (L_4 A_8 M_3 I_4 S_2 TE_3 R_2 O_2 $FDGN_2$) であり，ヴェルトローニ (Veltroni. W = V) にとっては，本のタイトルと合体したこの著者の名前 (V_2 A_3 L_2 T_3 E_3 R_3 O_2 N_2 I_3 SZPC) のことなのである。

　説明しておくと，拙著はやぶにらみ的なパンフであって，文学批評ではない。遊びとしての文学，娯楽としてのエクリチュール，これらが拙著の核を成しているのである。

　言語学はわれわれに意味や意義の根源たる，存在論的手段を供してくれる。したがって，用いられた言葉をかき混ぜることにより，ときには，はっきり表明しようとしていたことがよりうまく説き明かされることがある。つまり，明白なシニフィエは表面的なシニフィエによって隠されているのだ。ウンベルト・エコの本の表題については以下のページで述べる予定なので，ここではこの本の表題に対する"13"の効果を先取りすることはしないでおく。その代わり，ただちに"ヴェルトローニの"割り込みを究明するために，まさしく名前とタイトル——この政治家の文学作品の真の意義——を用いて皮はぎをすることにしよう。

　だからわれわれが用いるのはアナグラムである (ここで用いたこの結合法は，隠された——あいにく，必ずしも決定的ではない——意義をあばくためである)。"Walter Veltroni Senza Patricio" は実は，たんに著者と本を指し示しているだけなのではなくて，

これまで秘められていた言明，一つの公的な告白 "Politicar, a Tristo Walzer Venne"〔政治行為が悲しいワルツェルに生じた〕なのである。だが，二重構造は政治行為が続くことを欲している。

さて，今やわれわれは女王ロアーナに戻ろう。Umberto Eco のヴェールをはぐには，少々時間が必要だ。既述したように，同じ会社が両人を宣伝してはいるのだが。

*　　*　　*

宣伝の小休止

《Avendo Baule, Cominciò Diligentemente Eco Fabula Gingillofila. Hurrà! Illustrissimo Lavoro. Mentre Nascondeva Opportunamente Proprio Questa Riservatissima Scrittura, Trovò Uggioso Vellicar Zavorra》.

「かばんを抱えて，エコは懸命におもちゃ好きの物語を開始した。フレーフレー！　素晴らしき仕事だ。まさにこの部外極秘の草稿をうまく隠していたときに，がらくたがうんざりしてくすぐりだした。」

だが幸いなことに，"パオラさん" が介入した。

*　　*　　*

「いやあ，ステーファノ。」
「いやあ，ウンベルト。調子はどう？」
「楽しいごたまぜが残っているよ。」(Misto giulivo resto.)
「ごちそうさま。」
「でも，きみは分かっていないな。《私は意気消沈している，顔面蒼白なんだ。》」(Mi'sto giù, livore sto.)

始まり　21

「でも，いったいどうして？」

「Rcs〔リッツォーリ〕社での競り合いでは，ヴェルトローニが私をトトカルチョみたいに凌駕しているんだ。」

「Pds〔左翼民主党〕？　元のPci〔イタリア共産党〕という意味なの？　元のボッテーゲ・オスクーレ，またの名ボッテゴーネ？」

「ボッテギーノ（トトカルチョ），スヴァンチカ銀貨，ソルド銅貨，金銭，ぜにだよ。」

「落ち着いて。」

「で，ヴェルトローニは作家なの？」

「力強い霊感が勝利する？」

「隠れた意味は，真の意味なのさ，ありがたいことに。」

「いつも指し図通りですね，先生。」

「きみが私を高めてくれたんだよ。」

＊　　　＊　　　＊

ナポリのピッツァ会社の公報──『パトリーチョをなくして』(Senza Patricio) が子音の時ならぬ干渉を引き起こし，"Picza Serotina"〔夕方のピッツァ〕になる。でも，食べておいしいことに変わりありません……。

＊　　　＊　　　＊

「"アルベルト・シニガーリア"（Alberto Sinigaglia）という王には未知の人物の署名入りの「ラ・スタンパ」紙上でのエコとロアーナのための賛歌（素晴らしい書評だ）の背後には，ヴィットーリオ・ズガルビ──アナグラムとしては，"Sgarbi in l'elogiata"〔賛美するズガルビ〕が隠されているのです。」

「すみません，どういう意味なのです？」

「ヴィットーリオ・ズガルビはエコのために惜しみなく賛美し

ているという意味です。」

「滅相もない。とりわけ，彼にまかされた書評の文体では。ズガルビは合同的な批評家です——造形芸術，文学，音楽の。彼は文化人について語っておりますし，彼にはピエロ・デッラ・フランチェスカ，イタリア古典主義の具象派や，ガイオ・フラティーニやアントニオ・デルフィーニがお気に入りです。なのに，どうして収集家の自己言及目録が面白いと思ったりすることがあり得ましょう？」

「これは実際，ズガルビによる提灯持ち的記事ですが，彼は友人なのですか？」

「そうかも知れません。でも，生まれてからこれまで私たちは出会ったことがないのです。ですが，今日でも，戦闘的，奉仕的，イデオロギー的批評や，エコを物語作家と規定した批評や，文学的，歴史的，美的価値に基づく，趣味批評（敏感で文化的に教育された知能によって認識しうる，性に合う形を用いて一つの感じを解釈する批評）のそれぞれの間には，深い裂け目を突き止められるもう一つ別の動機も存在するのです。これらはウンベルト・エコの作品——機械仕掛け，パズル，あらかじめ考えられたイデオロギー的・語り的な意図の有効性を実証するための"クロスワード・パズル的"な語りの謎解き遊び——の正反対です。『バラの名前』はその明白な一例です。」

トリアッティ-グラムシの文化的立場に支配された文学の最後の実例なのです。つまり，生活の（したがって，現実の）事柄から生じている経験を物語るためではなくて，文学が集団的ないし神話的な経験に機能上依存していることを実証するためなのです。まさしく，ロマンティシズムです。

エコの小説の323ページからの第16章「風が吹いている」(Fischia il vento) なる差し込みページでも看取されるように，日常の折々

の事件が歴史のマニ教的な〔善悪区分の明確な〕見方に従って，当事者の一方だけの教訓的なメッセージへと転化しているのです。こちらは善人，あちらは悪人というように。善人とは——注意して欲しいのですが——幸運を勝ちとった人たちでもあるのです。反慈愛的な人生観ですよ。純然たるジャコバン主義そのものです。

　正確に言うと，対立しているだけでなく，勝利者の手中に雑食性の"総調整的な"権力を維持するために，したがって，文化的・社会的葛藤を煽るために構築されたイデオロギー相互間に連結点を見出すことを数十年間にわたり阻害してきた考え方なのです。こういうことは今日では，両方の"イエスマンたち"に分かれたイタリア政治に見られます。文学批評は今日，もうこれほど党派的ではないのですが，エコの本の場合には，それは再び強固になっており，社会参加の小説の言い分，奉仕隊形(アンガージュマン)を再発見してしいるのです。"アロル・ローザ風の"認定は自己批判を知りません。ですから，ヴィットーリオ・ズガルビはもう入り込む余地がないのです。現代の文学批評とは？"Alberto Sinigaglia"をアナグラム化すると，"T'ignora e lí sbaglia"〔きみには気づかないが，ほらしくじっているぞ〕となるでしょう。」

　「あなたは社会参加の文学に反感を持っておられる。あなたは政治集会の参加者（コミツィアンテ）なのですよ。再読なされては？」

　　　　　　　　＊　　　＊　　　＊

　「もちろん，大学がエコを重視しているのは，地方自治体がヴェルトローニを重視しているのと同じです。でも，地方自治体がエコ重視しているのと同様に，文学はヴェルトローニを重視しているでしょうか？　そもそもどこで，どうやって，何が，文学とそれを行う者との関係を調和させようとしているのでしょうか？何が文字を文学に変えるのでしょうか？　こういういらいらさせ

る質問は，長らく書籍の生産を阻止するかも知れません。ところが，事態はそうではないのです。でも，書くには勇気が必要です。ですが，書く人にはたしてそれがあるのでしょうか？　もしかして，もはや文学ヒロイズムは存在しないのではありませんか？」

*　　　*　　　*

「仮に書物が確かに書かれるべきものだとしたら，それを不適切な人物に託すのは，無分別に与えられた武器みたいなものです。どちらにも取れる回文――"Ama libro a dare"〔与える本を愛せよ〕――みたいです。これを裏返しに読むと，"Era da orbi lama"〔彼は世界のラマ僧だった〕になるのです。」

*　　　*　　　*

「それはコーカサス地方の高原の遊牧民にとって良いニュースです。この部族だけはエコのこれまでの小説を読んだことがなかったからです。実際，ロアーナの批評家たちはこの本が教授のもっとも素晴らしいものだと異口同音に認めていたにせよ，コーカサスの羊飼いたちは何も失ったわけではないのです。とにかく，批評家たちはおののきながら，ロアーナを懸命に読もうとしております。西洋のがらくた屋に関する資料を彼らから奪わないために，われわれとしてはこの書物が地上のかの区域に普及しないように努めたいものです。政治のためであれ文化のためであれ，もう一つの貢献は，次のことを調べる研究から生まれるかも知れません。つまり，イタリアの歴史においては政界入りする前に成功を期待した作家のほうが多かったのか，それとも，まず重職に就き，それから文学に専念することを期待した政治家のほうが多かったのか，ということを。要するに，レオナルド・シャーシャとワルター・ヴェルトローニとの相違を調べる研究から。」

始まり　25

1939－40年のもっとも素晴らしいカンツォーネ集

ストップ

音楽ショップ

「私は2004年にニューヨークのマンハッタンのラジオ・シティ・ミュージック・ホールで，(作家としてはもちろん) 社長ヴァルテル・ヴェルトローニのチームの中に，イタリア歌謡史家ジャンニ・ボルニャ (Gianni Borgna) ——アナグラムからすると，幸運な人——を見かけました。なにしろ，彼は「バッグの中にアコーディオン」(Organin' in bag) を持っていたからです。」

*　　*　　*

「三面記事より——《ウンベルト・エコの『パトリーチョをなくして』とヴァルテル・ヴェルトローニの『女王ロアーナの謎の炎』の出版社 Rcs が，貴殿を10月7日木曜日18時にボローニャのヴィーア・デ・キアーリ18番地アウラ・アブシダーレ・サンタ・ルチーアで催される，二人の国際的作家のためのパーティにご招待致します。慣例どおり，市の商店は木曜日には閉店になりますから，市民はこぞってこの愉快なイヴェントに参加することができるでしょう》。

「《コッフェラーティ社長は一つの奇跡を，つまり，『パトリーチョをなくして』(*Senza Patricio*) と『女王ロアーナの謎の炎』(*La Misteriosa fiamma della regina Loana*) をエミーリア地方の美味な料理に変えることを許可した》。

「この招待状は，市壁の上やアーケードの下にはられたポスターに印刷されていたものである。

「タイトルと作者を取り違えたために，この公報の起草者は即刻解雇され，シベリアの強制労働収容所を復旧するように送り出された。書物の展示中には，用心深くて献身的な沈黙が支配した。セレモニーの終わりに，社長セルジオ・コッフェラーティは2冊の本をボローニャの分隊旗プロ・コレステローロのほうに持ち上げた。するとすぐさま2冊タイトルの混合から，小タルトとラザーニャがほとばしり出た。インタヴューを受けて，エコは答えた──《あそこで，私は小タルト，ラザーニャ，ふんだんなクリームから成るスパンザラマにされてしまいましたよ》(Lí mi fei spanzarama di tortelloni, lasagne, crema a iosa)。みんなは2冊の本をローカル味のあるアナグラムに変えて，腹と英知との崇高な結合を実現したこの記号学者の鋭敏さをほめたたえたのだった」。

* * *

人物と事物との関係を打ち立てている自然法則がある。それは両立性の原理だ。これは作家と批評家との間にも当てはまる。バローロ〔ピエモンテ州クーネオ産の赤ワイン〕祭へ酒が飲めぬ人を招待するようなものである。だが，酔っ払いをそこへ送り込むのも，同じくらい不適切であろう。出版マーケッティング研究の商業計画を行っている多くの同盟は，当初の熱中的な闊歩の後で悲惨な平行的効果を生じさせている。日焼けのために寝そべり，日光が当たるとともに目覚める人びとみたいだ。往々にして撤退は二重の勝利なのだ。計算された欠席が招待者たちに一晩中，ありもしない熱望された出席を推測するよう仕向けるようなものだ。ある者はひどい大騒ぎをするために，勝利者たちの心をかき乱すが，勝利することはない。シンクレア・ルイス（『メイン・ストリート』の作者）は1926年，ピューリッツァ賞を拒絶して，こうあからさまに述べた

――「作家が受け入れられるようになり，礼儀正しくなり，屈服するようになり，したがって不毛になるように，巨大な圧力は加えられるものなのだ」。

辛辣さでは劣るが別の言葉で，アルベール・カミュは1957年のノーベル賞受賞に際してのスピーチにおいて，こう言った――「作家はたしかに，労働を正当化する生活の共通の意味をつかむことができますが，ただし，真理と自由に奉仕するという条件づきでの話です」。

第三の目に恵まれた文芸観察者によって書かれた書評を読むときには，われわれはその書物がシンクレア・ルイスとアルベール・カミュの道に沿って進む作者の息子なのかどうかを確かめるように努めよう。彼らは割り引きを行わない人びとだったのだ。フィクションの真理が共感しうる真理であるための，主たる条件の一つなのだ。

ところで，ウンベルト・エコの本のために地ならしをするべく――これは出版マネージメントの動機らしいのだが（企業は同じなのだ）――アントニオ・ドッリーコが招かれた。ドッリーコは（アルフォンゾ・ベラルディネッリ，アルナルド・コラサンティ，ヴィットーリオ・ズガルビ，ピエトロ・チターティ，フランコ・コルデッリとともに，さらに私としてはチェーザレ・カヴァッレーリをも挙げたい）ページの上に，独創性のきらめき，寸評，示唆的イメージといった，批評される作家たちが大いに銘記すべきことを書き残す，こだわりのない，稀な創造的批評家のひとりなのだ。なにしろ，エコの上の本の購入へと誘う道は，往々にしてこういうイメージに発していることがあるからだ。

だが，ドッリーコに戻ると，彼は誰よりもドメニコ・レアとフィリップ・ロスを偏愛している読者なのだ。レアとロスは彼ら自身の仕事以外に自己投影の能力を共有しており，万人の生活にかか

ストップ 29

わる諸記号を放置し、その瞬間から理解できるようになる——あたかも明かりが薄暗くされていた片隅で突然点火されるかのように——日常性を引き受けている点で、これより遠いものも皆無だし、これより両立しうるものも皆無である。

エコのロフトの陳列ケースの中で、アントニオ・ドッリーコは何をしに出かけたのか？（彼はカンピドッリョの丘にも行ったのだ！）スポットライトを当てられた（世間の注目を引く）人物なのか？　彼はしたたかだったし、どんな代物でも——本棚の書物、むき出しのページ、輝く金属の詰め物〔語間調整用の〕でも——例外的に通させようと試みた。そう、空飛ぶ品物はいろいろ存在するのだし、しかも空気、つまり、無で一杯なのだ。大切なものは、降下するものなのだ。

人が超越的なもの——そこには文学も住みついている——と打ち立ててきた関係には、絶えざる上昇と受容がある。この動きが静態性——つまり水平的、言表的、カタログ的、解説的、自己断定的な文学——で取って代わられると、硬直した反動は、カミュが表明していたことにある。つまり、為された仕事は前進しない堆積、ショールームの中の動かぬ自動車なのである。

だが、ほかのいかなる分かりづらい理由で、ドッリーコは教授〔エコ〕のところに赴いた（派遣された）のか？　もちろん、われわれが新参者を前にしているのでないことは確かだ。エコが今日のイタリア人が、歌手、スター、音楽家、画家、ハンドバッグ、ファッション、若干の映画のほかに、手にしているもっとも効果的な国際的輸出品であることはもちろんだ。

合衆国で『バラの名前』が出たとき、これを1冊買わないようなアメリカの家庭はなかったのである。どうして私がこのことを知っているかというと、ニューヨーク大学の特派記者フレディ・ゴールドマンがリンソントン・スクウェアから（ルガノ湖の外への

小旅行は取り止めたのだろうか？）ちょうどそのことを報らせてきたからだ。おまけに，イタリア人が住みついていることで知られているクイーンズ大通り沿いの場所にある，フォレスト・ヒル公共図書館では，この作品の予約申し込みをするための行列ができていたという。

　アメリカ人にエコが気に入っているわけは，彼がアメリカ人に機知の利いた講演会を行ったり，カーキ色のズボンをはき，ノーネクタイで開放的な白ワイシャツを着用し，グレーそのもののヘリボーン生地のツイードの上着をはおることを学んだからなのだ。要するに，ウッディ・アレンというわけだ。ジーンズで？　ああ，いやだ！　スタイルは，カジュアルでしかもフォーマルときている。無敵だ。それから，ワインだ。ビールはだめ。少なくともこれが，"コロンビア大学" スタイルだったのだ。サリンジャーやフィリップ・ロスはそういう服装をしているし，ノウム・チョムスキも同様である。ところで，こういう服装はドッリーコにはぴたりうってつけだが，エコとなると，少々無理しているように見える。そして，まさしくこういう不一致は彼のエッセイと彼の小説にも存在しているのである。ある人は言う──これは折衷的な不一致だ，と。エコのような人に対して，折衷的なものを拒もうとする人はいまい。それだから，ドッリーコが派遣されたのだ。そして2004年，彼はローマの社長のところにも派遣されたのである。

＊　　＊　　＊

　そして彼がいつもの（きちんとした上品な人の）ように上品至極に，ブルボン王朝風の純リンネルの新品のジャケットをはおりながらも，陰気で曇った顔つきをしてカンピドッリョから降りるのが見られた。彼はこの8月の暑い朝，「コッリエーレ・デッラ・

セーラ」紙の素晴らしい文化差し込み印刷物（クラウディオ・サベッリ＝フィオレッテのアンケート遊びを決して見逃さないでください）「マガジーネ」編集局へと冷えたタクシーに乗っていながら，自分とは異なる自分を忘れたアントニオ・ドッリーコ——ジャンバッティスタ・ヴィカーリが面白いエッセイ（ラヴェンナ，ロンゴ社発行）の中で予示していたように，正確には，自分を忘れた文学者——であると考えながら，突如，ある幻を見，そして，自分の名前をこうかき混ぜて読んだのだった——「リド・アトーノ・イン・コル」(Rido Atono in Cor〔コロスの中のリド・アトーノ〕)。そして，再びわれを取り戻してから，葉巻きに点火した。「シニョーレ，どうか火を消してくださいませんか」とタクシー運転手が言ったが，ドッリーコはほかの，合唱隊の中にいた〔上の空〕のだった。

　ここでちょっと閑話をはさみ，クラウディオ・サベッリ＝フィオレッティ（Claudio Sabelli-Fioretti）がどういう人物かを説明しておこう。彼は高貴なヴェルトラッロ（VT）の出身で，幼児のときから自転車でブレーラのエトルリア人たち（彼もエトルリア人なのだ）のところに出かけては，サン・マルティーノ・アル・チミーノのほうへ昇り，トレ・クローチェを通り過ぎ，ローマ貯水場の見えるポンパ・ア・ヴェント平原の上で，フォリアーノ山を眺めながら，ため息をつくのだった——「どっと棄教を告げ」(Scodell' l'abiure a fiotti)。こうして，彼は世界でもっとも美しい地トゥシアの息子の輝かしい将来を予見したのである。（そう，scodella, etc. は，Claudio etc. のアナグラムなのだ。）

　このサベッリはわれわれには好ましい聴罪司祭である。彼は他人の棄教に耳を傾けながら，われわれに無垢な魂を回復させてくれるのだから。

   * * *

　いずれの書物もタイトルから出発している。これは出版者と作者をもっとも悩ませる事柄である。見てみよう。Pue の本は『女王ロアーナの謎の炎』である。このタイトルは或るコンテクストにおける或る意味を体現しかつ保っていた（シリーズ "チーノ・エ・フランコ" の一挿話中の漫画アルバム）。だが，今やこのタイトルは元の自然なコンテクストを外されて，これからは，さながら動物園のワニみたいに，自律した生命を生きることになる。

　やはりワニではあるのだが，それは別物である。自分とは別物になるのだろうか？　ごく簡単なことから出発しよう。アルファベットは20個以上はほとんどない（西洋の場合）。これらの字母で過去6000年の間，西洋人は無数の "記号" や幾百万もの "意味" を構築してきた。*La misteriosa fiamma della regina Loana* なるタイトルには，20の字母があり，優に13個を超えている。

　事態は原料と料理が存在しているキッチンにおけるのと同じ具合なのだ。料理は原料たる語で構築された文である。数々の文が集まって，一つの構造，つまり食事を形成する。

　だが，原料には，化学者＝栄養士（記号論学者でもある）が熟知している固有の潜在力がある。ただし，記号論学者はそれぞれの音素が振り回す，邪な，謎めいた，陰険な，秘密の，人を煙に巻く衝動をコントロールすることには必ずしも成功するとは限らない。それだけではない。機械的要素，つまり語を形成している字母，つまり音素も，独自の――おまけに，意味によってそれらに課せられた手綱への違反でもある――生命力を有している。英語で "No Times today, sir"〔今日はタイムズはございません〕，と新聞雑誌売店員が言った。すると，相手は "No semmit today, sir"〔今日は肌着はございません〕と解した。一人はヴェネツィ

ストップ　33

ア市場を見に行き，とんでもない間違いをしたことが分かった。アル・パチーノの解釈したシェイクスピアの『ヴェニスの商人』を考えられたい。

だが，Pue はその本のタイトルになぜ『女王ロアーナの謎の炎』を選んだのか？ それが何に近づくのかを知っていたのか？ このタイトルを選ぶように誰が彼を無意識に仕向けたのか？ どれほどの陰険な未知のことがそこに潜んでいるのかを知り尽くしていたのか？ 「そうかも知れないし，そうでないのかも知れない」。いったい何が起きたのか？ 音素の字母を節度なく揺さぶり回すと，意味から解放されて，すぐ後から，われわれのページの上で次のように組み替えられた──"Ma della loanosia fiamma regna l'isteria"〔だが，ロアーナみたいな炎のヒステリーが支配する〕。これはかき混ぜなのか，変革なのか，それとも啓示なのか？ 音素・記号・意味・構造，すべてはやはり13字母でもって変化してしまうのだ。

でも，何ひとつ決定的なものはない，特に語は。そして捉えにくいものの魅力は，それに挑戦したという一時的な幻影にあるし，このことで，新たに，しかも異なるひもでもって次々にそれに挑戦しようとする試みが消え去りはしない。

実際，*La misteriosa fiamma della regina Loana* には，次のような通告，前兆も含まれていたのだ──"Nella Gematria, a disfarmi mielosa Loana"〔ゲマトリアで私をはちみつみたいなロアーナにやつれさせる〕。この記号論学者がどうしてこのことに気づかなかったのか？

カバラの部門，ゲマトリアの謎めいた意味を信じて追跡する人びとにとっては，数13が「悪をもたらす」ことは周知のところだ。実際，これは 4 の倍数でも，7 の倍数でもない。付言しておくと，4 は世界を形成している要素（地・水・火・風）を示す数だし，

7は自然界の作用（分娩，月相）と文明のそれ（週）を同定するための倍数の基本となるものである。さらに，数13はナポリのロトや，饗宴の席では，不吉なものと見なされている。Pue はそのことを予期すべきだった（すべきだっただろうし，できた）のである。たぶん，それを想像していたのだろう。実際，事件は一種の発作とともに始まっている。オブローモフに変更もできたのに，ヤンボになったのである。

一見して明白な意味と，明らかに曖昧な意味とからは，ある不在の構造の出現しか期待すべきではなかった。だが，このことはこれから見ることになろうが，Pue も予見していたことなのだ。

実際，この警告，いやむしろ非難はイタロ・カルヴィーノから発せられていたのである。一種の先駆者的なライティング・ワークショップ，パロマ（エルザ・デ・ジョルジ）宛の手紙の中で，カルヴィーノはこう書いている（1956年のことである）──「あらゆる書物の校注を隠したり，あらゆる判断，逆説的な警句が口笛を吹きならすみたいに生じてくると思わせたりする……これこそが，芸術的エッセイスト，才能がある上品な思想家，そして，へぼ教授とは区別される人の，技術なのです。逆にへぼ教授は何かにつけ，厄介な哲学史という手段を思いつくのです」。

この断片はパオロ・ディ・ステーファノによっても「コッリエーレ・デッラ・セーラ」（2004年8月11日号）紙上で再び採り上げられた。教授 Pue は或る一片から，自分がぼろ切れにされたに違いないことを知る。ぬかるみの中に陥っていたのか，それともアーミンの毛皮で裏打ちされた刺繍のあるスリッパにされたのか？だが，炎が謎めいており，ロアーナの症状がヒステリックだとしたら，罪は偶然，記号論，構造，音素，13なる"不運な"数，言語，不在の構造にある（のかも知れない）のか？

あなたは正しい。不幸をもたらす数は17なのだ。でも，その他

ストップ　35

1900年代の有名なマニュアル《ミラーの収集品ガイド》

の世界，特に合衆国に出かけられるなら，13が災難（iella）を招くことを発見されるであろう。

われわれイタリア人にあっては，この数は福音書の伝統を呼び起こす。つまり，イエスと12使徒を。幸運とは無関係だが，キリスト教のシンボル的伝統とは大いに関係があるのだ。

もう一つの異なる象徴的価値が，13からその積極的価値を取り去っている。つまり，*La misteriosa fiamma della regina Loana* を構成する13個の字母の場合だ。異ならざるを得なかったわけは，ウンベルト・エコ教授が青春時代に青少年集会所(オラトリオ)や，教区教会や，宗教上の行列や信仰行為——今日では（たぶん）ロアーナのせいで静かにさせられている——に通ったにもかかわらず，キリスト教的な記号(しるし)の解釈を許してはいないからでもある。少しばかり名誉のために，そんなこと〔『ロアーナ』執筆〕をしたのではあるまいが。

✱　　✱　　✱

Pue はそのファンタスティックなエッセイ『不在の構造』（*La struttura assenza*）でもってわれわれを楽しませてくれてきた。だが，ここでも結合法的な罠が，料理人に対して非礼にも向けられていたのであり，しかも彼のメニューは錯乱していたのだ。なにしろ，このタイトルはわれわれ（読者）の害になるあらゆる回答を隠していたからだ。実際，字母の非対称的・分解的な遊び（8個を必要とする）では，このタイトルは "Una lettur' stressata"〔ストレスのたまった読み〕に作り直されたからである。これは，イタロ・カルヴィーノの死後に発表された復讐なのか？　あえてそんなことは言わないでおこう。しかしながら，優れた言語学者であり，後にはわが国の学校の命運にとっての不適切な大臣にもなったトゥリオ・デ・マウロもすでに気づいていたように，ここ

には一つの"多言語"問題があるのだ。Pue はその本——『謎めいているが，今やむき出しにされたヒステリックな炎』——の中で，諸言語のうちから特に一つ（つまり，漫画のそれ）を優遇しているのである。デ・マウロの訓示を追ってみることにしよう。

文学，映画，演劇，バレエ，パントマイム，絵画，音楽，等々はみな，表現形式，つまり自律的な言語——伝達構造——である。しかしながら，これらは相互に結びつくことも可能だから，こうしてさらなるマルチメディアの伝達構造を生じさせることになる。

漫画とは（*Il sortilegio a fumetti*, Mondadori でも，Roberto Giammanco をわれわれはすばやく引用することもできまい）それ自体，結合的な言詞である。そこにはイメージ，プロットの対話的前進，一種のスクリプト，僅かな主要要素に基づいた，だが民衆的握力の強いドラマツルギーが存在する。たとえば，ストーリーが展開する絵画のシークエンスと解された映画は，前景，膝から上のショット，パン（パノラマ撮影），マス・シーン，ディテールのズーム化，等を有する。だがとりわけ，次のようなすべてのもの——つまり，漫画の語りと，主人公的人物——の総合が存在する。

実際，漫画には否定的であれ肯定的であれ，主人公が必要である。その起源は，古典性，昔の絵画，神話的典拠にある。古代の甕絵はヒエログリフは言うまでもなく，漫画の連作である。ところで，われわれの言う"漫画"，つまりその中に対話を含む雲塊は実は絵入り物語であり，つまりそこでは小説の中で記述されているものが，漫画では描写されるのだ。したがって，デ・マウロも教えているように，漫画は完成された言語活動であるから，小説の中に——女王ロアーナの炎に関するそれのように——そのあらゆる品位をもって，しかも書記からのはっきりした独立と危うくされざる権威とをもって収まるのである。しかも小説に収容さ

れるわけは，書記では"漫画"を悉尽的に物語ることが不可能なゆえ，どうしても後者の現前，つまり証明を必要とするからなのだ。ほら，ここにわれわれは存在するし，私が存在するし，『謎の炎』は私に依存するがゆえに，存在するのだ。それだけではない。「ロタールとマンドレイク」，「チーノとフランコ」，「アルチバルドとペトロニッラ」，「ココリコ隊長」，「パンプリオ尼」，「ボナヴェントゥーラ氏」，「トポリーノ」，等々とても同様なのだ。

エコの物語では，したがって，イラストは不可欠なのだ。なにしろ，物語は存在しないし，しかも書記はイラストと関数関係にあるからだ。だから，話題になっているのは三つの言語活動（文字・小説・さし絵）——これらは第三の言語活動（正確には『謎の炎』）またはピノッキオの挿し絵を画くムッシーノになるように，組み合わされている——ではなくて，本文に挿入されたもろもろの対象の記述なのだ。

要するに，われわれはマドレーヌ・マーシュ著『ミラーの収集品ガイド』（Reed Consumer Books Ltd. 81 Fulham Road, London (G. B.) SW3 6RB）の中に居るのだ。このガイドブックでは，ウンベルト・エコ教授の本に比べて不足している唯一のものは，屋根裏部屋とトランクだけなのである。

*　　*　　*

チェーザレ・カヴァッレーリ（彼のことはこの先で見ることであろう）も書いているように，がまん強くうんざりさせられた，余儀なく熱意を込めた招待客に示すための，数々の先祖の写真，いかめしい伝統，先祖伝来のレパートリー，家族史，言語，砦，これらをみんなは夢見てきた。ウンベルトエコ - ジャンバッティスタ・ボドーニ - ヤンボが成功したこと，それはトランクと屋根裏部屋をうまく自分で構築することだった。それから，地の精（グノーム），

ストップ　39

Il Giro del Mondo in Automobile

Capitan Fanfara

Testo e disegni di
Yambo

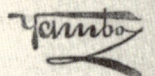

ANTONIO VALLARDI
EDITORE   MILANO
1929

有名なイラスト入りのヤンボの本のタイトルページ
(ヴァラルディ社、1929年)

小人(ホビット)，等々に伴われて，本屋へとわれわれは送り込まれ，小荷物をわれわれに押しつけられたのだ。トランクと屋根裏部屋？（Bauli e solai?）一緒になって，考察し，アナグラム化したまえ。そうすれば，"Io, balle usai"〔私は，梱(こり)を使った〕が再現するだろう。このことを抜け目なく用意周到にも教授は知っていたのだ，われわれの背後で興じるために。

* * *

だがいったい，この漫画の人物，かくもチャーミングに描かれた女王ロアーナ——謎の炎に包まれた，一種のマリリン・モンロウ，ジェーン・ハーロウ，ベティ・グレイグル——とは何者なのか？　ヤンボ-エコは誰によって魅せられたのか？　彼は誰と交際しようとしているのかを知っていたのか？　好奇心とか悪意とかで，パブで見つけた或る女を，あなたならひょっとして家に連れ帰るだろうか？　危険を犯さないためには，タイトルを成している周知の13字母を小袋の中に入れて，左右に，上下にかき混ぜ，それからすべてをばらまくべきだったであろう。そうすれば，こんなふうに再構成されて現われたであろう——"Mida fatale, misero Elisir, malagna Loana"〔不運なミダース，惨めなエリジール，不幸なロアーナ〕。信じ難いことだが，こういう努力のすべて，こういうページのすべて（450ページ）は，災難をもたらす一人物のためなのだ。

しかし，われわれは *La misteriosa fiamma della regina Loana* の明白な意味を把握し，それから，これの隠された意味 "Ma della loanosia fiamma regna l'isteeria"〔だが，ロアーナみたいな炎のヒステリーが支配する〕を考察してみよう。

これの意味価では，ヒステリーはギリシャ語 ὑστέρα（子宮）に由来する。これはウンベルト・エコの記憶の胎内（そこで自分

ストップ　41

自身を再発見すべき場所）への隠喩的な回帰である。こういう母胎－容器の記号論は，屋根裏部屋，家，倉庫，寄せ集め，収集（本来の収集）——意味論的には，記号論（すべての記号——寄せ集め——を一つ一つ説明する学）そのものを構成している——によって象徴化されているのだ。収集の記号論は集められたいろいろの対象の目録から始まる。それを試してみたまえ。死ぬかと思うほどの退屈さだ。こういう"系統化－再認"の練習の物語は，飽き飽きさせる行為ではあるのだが，ホビーのために，がらくたでも珍味でも（趣味や，「蓼食う虫も好き好き」次第だ）市場で展示してみるのも，面白いかも知れない。それを記述するのは，ＴＶで料理人により語られる美味なレシピの言葉を味わうようなものである。彼を眺めながらシュークリームを味わうことはできるだろうか？　したがってまた，『女王ロアーナの謎の炎』は，"子供っぽい大人"（ジョルダーノ・ファルツォーニの言う，"bambino adulto" ＝bambulto）ウンベルト・エコがもぐり込みたがっている子宮を赤く熱する，ロアーナのような炎にほかならないことになる。

　こういうすべてのことでもっとも謎めいているのは，著者に対して，歴然とした意味と隠された（しかも，前者を説明する）意味とを含んだタイトルを選ばせた衝動である。実際，すべては以下のようにして始まったのである。

　少女が彼のほうに向かってきっぱりした足どりで進んで行った。彼はパイプをふかしながら，大学の講義室の入り口に立っていた。

「今日は。先生は今日，講義される方ですね？」

　ウンベルト・エコ教授はルーマニアからの給費留学の女子学生をじろじろと眺めてから，彼女を通させるために脇にどいた。少女は顔を紅らめて言った，「恐縮です，講義をされるエコ教授，本当にすみません」。

無学な引用家たちのためのマニュアル。クイズ本

ウンベルト・エコ教授は今度は少し迷惑気にもう一度微笑を浮かべながら、目と耳からも煙を放ちつつ（これは「悪魔のドラキュラ」みたいだわ、とそのルーマニアの少女は思った）、こう言った——「講義は20分以内に始まるから、お座りなさい」。だが、少女は中欧の出身で、おまけにユダヤ人であって、イディッシュ語でいう頑固者(ベシュテンポネム)だったからこう言い張るのだった——「講義をなさる教授は講義者（lezionista）ですね？」ウンベルト・エコはこのとき、バルに行くほうがましだと考えた。

　その後、ある人がさまざまな生き方を語っている。3カ月後、このルーマニア少女と教授がレッジョ・エミーリアで、しかも古書展が開催されていた土曜日に出くわすことになるのも、偶然ではないらしい。しかも、彼らはヤンボのすべての本（その中には、なかなか見つからない奇書『ファンファラ——フランス語"ほら吹き"ファンファロンより——隊長』、1929年、ヴァラルディ社刊もあった）を展示していたローマの皮肉屋で物知りな古本屋フランチェスコ・ポンティのブースの前で出くわすことになるとは？

　それは作者によるイラスト入り本であって、しみの跡のない、全体がセピア色の絵が描かれており、同時代の装丁で、肉筆コピーだった。要するに、珍本だったのである。ルーマニアの少女はエコを見て、叫んだ——「収集家のエコ（Ecollezionista）教授、ご機嫌いかがですか？　憶えておられるでしょうか、私はあなたの学生です」。エコが眉を半ば上げて話そうとしたとき、フランチェスコ・ポンティが割り込んだ。「お嬢さん、そのとおりですよ。エコ教授は大収集家です」。少女に"講義者"、"収集家"、"講義者エコ"の相違を分からせるのに、20分ほど要した。だが、もうへまはやらかされてしまっていたのだ。少女はかっとなって、繰り返し続けたのだ——「収集家エコ教授」を。「さよう」とフランチェスコ・ポンティが再確認した、「教授が一つ、収集家が

もう一つ。先生は講義をしますが，収集もしているのです。ですから，収集家でもあるわけです……」。少女は苛立ち，気分を悪くしながら聞き入っていた。ウンベルト・エコはこのとき，バルに行くほうがましだと考えた。

*　　　*　　　*

（名前をプログラミングしたアナグラム"赤い木を剪定せよ！" albero rosa tosar! といつも命じていたものだから）アグリトゥーリズモの至上命令の批評家たる Alberto Asor Rosa──回文的には Stefano Bartezzaghi（アナグラムは"Sghizzar tanfo a te, hé?"〔君は自分で臭気を発散しているのじゃないかい？〕に知られていた──），要するに，こういう批評家は，この謎の炎を孕んだロアーナが教授のもっとも素晴らしい本だということを子孫に伝えてきた批評家たちの長い"たわ言"の先達なのだ。

たぶんこういう連中はエコの本を開いたことが決してないのかも知れない。先行の本は読んだのだろうか？　まあね。小説を1冊？　たぶん。でも，それとても紙の収集家たちにとって有用この上ないカタログなのだ。むしろ，なかんずくこのカタログは。たぶん間違って，古本屋にでも入ると，人は発見するだろう──こういう珍味みたいな本の経営者たちが，実は移動カタログなのだということを。

逆にこれとは違って，図書館は今やコンピューター化されており，通いにくい場所と化してしまっている。なぜ，どうしたというのか？　本を取り出して，片隅でこれを味読することはできまい。本はそこのヴィデオが画面に収まってしまっており，ページをめくったりしないで，"クリック"するのだ……。だが，ローマのポンティや，サント・アゴスティーノのラッパポールや，アニマ通りや，オスティエンセ通りや，ラグーサ広場や，エリーゼ

オ劇場の裏の，ペレグリーノ通りや，その他の秘密の場所では，もう誰からも読まれないであろう作者たちの忘れられた，でも食欲をそそる作品が一杯詰まっている（それらを購入する者も読んだりはしない。なにしろ，本は今や美的崇拝の対象——ページが切られてはいない？　ばらけている？——であって，別の物なのだから）。上記の本屋では，入札はすべて表題，出版年，謄写印刷，活版印刷（アムステルダム，ヴェネツィア，ソンチーノ）——頭文字がさまざまな唐草模様で囲まれ，同時代の羊皮紙の上に彩色されている。びっくりするような製本だ——をめぐって競われる。通常，古書または稀書を購入する者は，その中身を知っている。探求者はこう要約できよう——初版を所有する最後の人である，と。彼は1年，10年，100年，1000年——初版と，書物の最後の収集家との距離——を無効にしたかのようだ。したがって，このことを理解している人が何か重要な"鬼ごっこ"をするときには，秘かな身震いに揺さぶられるのである。これは書物収集家の熱気なのだ。だが，収集家全般の熱気でもある。有名な愛書家マルチェッロ・デル・ウトリはそういうことを知っている。

ロアーナみたいな炎の"子宮‐本"の病理の場合には，一時代——だいたいタツィオ・ヌヴォラーリからマイク・ボンジョルノに及ぶ時期（記憶の回復と，"小説の"形成作業と解される）——を画する一つの考証なのであるから，Pueが追求したもっぱら書物的な痕跡は，収集家優先の方向——正確には，書物の方向——に服従させられ，条件づけられている。だが，世界は書物だけで出来上がってはいないし，また，われわれは誰も紙の間"だけ"（sol-tan-to）にもぐり込んで，失われた時（ああ，マルセルよ，きみはどこへ行ったのかい？）の発見のために後戻りしたりはしない。

特に，子宮の場合のように，子供っぽくなった大人にかかわる

ときには。発作から？　知らせられてはいない。有名な肘掛けいすからの？　そのほかのことは大して重要でない。目的は存在したのだ。だから，今や私の珍書コレクションをお見せしよう。私のロフトの本棚へ赴くとするか？　つまらぬ。同じように機能しているにせよ，でも，分かり切ったことだ。

イタリアでは，まだページを切ってない，まだネズミ，古物商，貪欲な相続人，ものをつかむ手，許せる建設労働――屋根裏からもう一つ，EU以外の国の人とか監視者に闇で貸すための部屋を作り出すことを目的とする――に傷つけられていない，スペースを，どれほどの人びとが所有しているだろうか？　たぶん彼女，先祖伝来の城の中のクラウジア・ルスポーリ・ディ・ヴィニャネッロ夫人だけだろう。ところで，いかに信じ難いにせよ，ウンベルト・エコ教授はそれを所有しているのである。

こういうありきたりなことは，カタログ本の基準では完全に予見できることだ。なぜなら，（まだ完全には解放されていない時代の）婦人雑誌の一つをぱらぱらとめくるだりで，ある箇所で見つかるからだ。つまり，悪趣味な古物を回収するために屋根裏とか屋根裏部屋にもぐり込めば，思わぬ発見をするだろうし，そこにまったくあなただけによる骨董品市を作り上げ，こうして，田舎家で数日間を楽しみと興味をもって満たすことになるであろうからだ。

イタリアでは，一年中毎日曜日に，こういう考えの犠牲者たちが19世紀末または1930年代のがらくたでもって，田舎の散歩を喜ばせている。ロンドン（カムデン？）では，パリ（リニャンクール？）同様，もっとひどいのだが，でも少なくとも，商品は存在する。ところが今では，www.ebay.com.の到来だ。実際には，売ったり，つかませたりしようとすることは，誰もが内心持ち合わせている考えなのだ。

ストップ　47

ウンベルト・エコ教授は世界について，一つの記号論的な観方をもっている。物についての研究は，これらの物が一つの内在的意味ともう一つの割り当てとを有する以上，われわれに現実を意味論的に――かつ曖昧に――説明するものなのだ。ところで，われわれ自身にしてからが，同じようなものなのだ。だが，この遊び――または分析――が，本書（『ロアーナ』）も証明しているように，いつも成功するとは限らない。

　ウンベルト・エコのこの本をハイデルベルク大学教授クルトに読んでもらったところ，彼はわれわれにこう言った――「これは発展小説（Entwicklungsroman）つまり，一人物が成熟するまでの心理・社会的形成の小説ではありません。たとえば，ゲーテの『ヴィルヘルム・マイスターの修行時代』（*Wilhelm Meisters Lehrjahre*, 1795-96）とか，ディケンズの『デイヴィッド・コッパフィールド』（*David Copperfield*, 1849-50）とか，フィールディングの『トム・ジョーンズ』（*Tom Jones*, 1749）のような教養小説（Bildungsroman）や教育小説（Erziehungsroman）とのはっきりした境界線はそこにはまったくありません」。｜要するに――と教授は言うのだった――私にはこれがどんな類いの本なのかよく分かりませんでした」。

　だが，『マイスターの修業時代』の初稿たる『マイスターの演劇的使命』（*W. Meisters theatralische Sendung*, マルタ・ビニャーミ伊訳，ローマ，トゥンミネッリ社，1969年）の本文においてこそ，われわれはゲーテの青年マイスターへの一考察――おそらくは忠告――を見いだすのである。（伊訳のXVI章，37ページにある。）象徴的なことには，ゲーテがマイスターについて語っている恋愛は，エコのロアーナへの熱狂そのものなのであって，その結末はこのドイツの偉人によって予示されているのである。実際，ゲーテはこう書いているのだ――「すでにとりこにされた多数の恋人

に，新たな一人を加える少女は，もうほとんど燃え尽きた燃え木に新たな一片の木ぎれが加えられるときの炎に似ている。彼女は甘言巧みに新参者を愛撫し，気を遣いながら彼を取り囲み，愛嬌を振りまいて彼に軽く触れ，しまいにはこの上なく生き生きした輝きで彼をきらめかせるに至る。ただ遊び半分で彼に熱を入れているだけなのに，少しずつ爪を立てて行き，ついには彼のもっとも内奥をもすり減らすに至る。間もなく彼は見棄てられたライヴァルたちと同じように，破滅するであろうし，そして真っ赤な炭火の中で燃え尽きて，悲しくくすぶりながら，消え失せることであろう」。

* * *

子供の振りをするために自分をヤンボ（作家の別の匿名）と名乗ってきたウンベルト・エコ教授は120ページにおいて，屋根裏部屋に昇っている。一つの前提を立てておかねばならない。屋根裏部屋は，金持ち用のものであり，貴族たちの社である，ということだ。ピエモンテ地方では，高貴の血の臭いが中産階級の足をも濡らしてきたし，居城の側面図（マシーノのそれでは，おもちゃの展示が繰り広げられているが，彼の側面図はエコが知らないにせよ，彼の本と関連している）は，新しい銀行券を持つすべての億万長者をこんがらからせるのである。

さて，エコが屋根裏部屋に入るところだ。「屋根裏部屋におけるエコ」（Eco nel salaio）なる句は，「エコ－ヤンボ」の利己主義的な意図を示している。実はこれのアナグラムは，"E ciò sol angelo"〔それは天使のみ〕となる。だが，何が教授を欲望で気狂いにさせるのか？ 記憶を得る？ 自分自身を？ 世界を開示する？ 間違った。すべての収集家たちと同じく，彼は"物"をわれわれに示そうと熱望しているのであり，そして，意図しなが

らも，できないので，それをリストに変え，これに彼が後で小説と呼ぶところの写真を添付したのである。

エコが書くものはすべて，黄金なのである。そして，彼自身の周囲に——いささかもその責任を取ることなく（"文学的"《ストックホルム症候群》）[*1]——まき散らかした批評家による畏敬の念は，適量よりはるかに多く彼に帰属させられる一切合財のせいなのだ。要するに，これは次のことを考えるに等しい。つまり，2メートルのはしごで，とにかく"クライスラービル"（エコがニューヨーク経由でフロリダに行ったことがあることを知らせるためだけに，彼が引用しているマンハッタンの摩天楼）[*2]の天辺へ出られるのだ，と。エコが屋根裏部屋の中に入ってゆく。「ただちにセンセーション。屋根裏では当然なように，とにかく暑い」。暑いって？　季節はいつだった？　だが，屋根裏部屋の中のエコには，いつでも暑い？　とにかく，万物は流転する，とかの古代ギリシャ人[*3]も言っていた。その名前——Umberto Eco——までも？　"Buco e Morte"〔穴蔵と死〕。とにかく（もっと牧歌的には）"Bruco e temo"〔私は葉や草をかじり，怯えている〕。実際，オオカミがいつも待ち伏せているのだ。万物は再循環するし，何物も留まりはしないし，経過してゆく。アナクシマンドロスかアナクシメネスか？　これは番組「のるかそるか」（Lascia o Raddoppia）の質問だった——たぶん，Pueがイタリア放送協会（Rai）でクイズ作りの仕事をしていたときに準備したものかも知れない。前世紀のことだったが。放送中のものに，今日では珍しい収集品のゲームもある。合衆国ではこのクイズゲームは"つまらぬ追跡"（Trival Pursuit）と呼ばれている。この *trivial* は

[*1]　人質が犯人に親しみの念を抱くようになる。
[*2]　ニューヨークのイースト42番街にある高層ビル。
[*3]　ヘラクレイトスのこと。

まさしく3学科*（trivio）——つまり，陳腐な知識の出会いの場，知の十字路——に由来している（むしろ，その逆も可）。エコがよく咀嚼しているすべてのもののことだ。

それゆえ，屋根裏部屋には，季節に即応している温度があるのだ。無精な変わりやすい現実に記号論を適用することは，たしかに語り的な発見ではあるのだが，銘記すべきは，日常生活では記号(複)というものは，たとえ意味が残存するにしても，曖昧だということである。たとえば，日中，暑さ，寒さ，夜，曙は，物語の展開では根本的な違いが生じる。熱風か北西風(シロツコ マエストラーレ)か？　もちろん，エコはボートを所有していないわけではないし，ヤンボは（帆のすてな張る）下桁(ビーム)のせいで記憶をなくしたわけではない。

「光線みたいなものが鎧戸から通過していた」。彼は「さし込んでいた」（filtrava）と言うべきだったろうときに，「通過していた」（passava）と書いた。けれども，すでに"線"（filo）と言っていたのだ。編集者は「何か光線みたいなものが鎧戸からさし込んでいた」と直すべきだった。だが，勇気がなかったのだ。エコを訂正する？　それに，この記憶の約束を含む，熱望した屋根裏の中に雨が降ることなぞを見たい人がいるだろうか？

だが，Pueの本はアグリトゥーリズモの批評家以外に，（ミレッラ・セッリにはっきり明言していたことなのだが）家畜見張り人ジャンパオロ・パンサにも好まれていたのである。実際，2冊の本『炎』と『血』は，同じ語り構造に従って組成されているのだ。両方ともリストを列挙している。『敗者たちの血』（*Il Sangue dei vinti*）は"歴史的－死体安置所的"な物語，既刊の年代記や書物から引き出された，終戦時（1945年4月25日以後）の残忍な被虐殺者たちの細部を盛り込んだ過去帳なのである。

---

*　文法・弁証・修辞学（中世の大学における3学）。4科（算術・幾何・天文・音楽）とともに自由学芸を成す。

『謎の炎』は，すでに述べたように，発掘物の目録から成っている。この種の本は書きやすいし，素材は誰にでも利用可能なこともあって，かなりの数の人びとが予告している。たとえば，何人の女性が，嫉妬深くて裏切られた夫や愛人によって殺害されたか？　どのようにして，いつ，どこで？　または，ディスコテークで興奮した後，ローラー椅子の上で何人の若者が殺されたか？　国民的‐民衆的な確かな感情効果をもつ家庭悲劇だ。

　シニズムは情報でカムフラージュされるのが常だ。しかもまだある。夫に幻滅した女性が何人，犬のために冷静さを失ったことか？　犬に幻滅した男女の何人が，フェッラゴストの祝祭＊に犬を放棄したことか？　ティノ・ブアッツェッリからジーノ・ブラミエーリ，ピーター・ウスティノフからオーソン・ウェールズまで，われわれが「太っちょの演劇」と呼べそうなものは？　今日ではインターネットがあるから，この種のカタログ本を書くのは至極簡単である。パンサ・ジャンパオロ（Pansa Giampaolo）に新しく何を書いているのかと訊かれると，そうとも自覚しないで，（彼までもが！）アナグラムをもってこうアイロニックな返事をしている――"Ao, spalmopagina"〔ああ，タールのページよ〕と。そのとおり。書くのはいささかもっと難しいことなのだ。『血』はどうなっているの？　と尋ねられると，パンサは財布をチリンチリン鳴らせて，大笑いしながらこう告げている――"Senti? Giulivi dané"〔聞こえるかい？　陽気にくれてやる〕。またしても。ただし，これは表題『敗者たちの血』（*Il sangue dei vinti*）のアナグラムではないのか？　悲劇的な物語でも肯定的な波及効果があるのです，とは編集者のコメントである。

＊　8月15日（聖母被昇天の祝日）から約1週間に及ぶ。アウグストゥス皇帝の誕生日に因むフェリアエ・アウグスティに由来している。

52

ストップ／スポット

アナグラム的な小休止――Eco 表記の17通り

ウンベルト　エコ（Umberto Eco）教授

「穴蔵と死」（Buco e morte），洗浄を施されている
「そして，私は墓の世話をする」（E curo tombe），墓地で
「私は草や葉をかじり，怯えている」（Bruco e temo），牧歌風
「トルコ人とボヘミア人」（Turco e Boem），二重国籍
「貴様を永久に葬り去るぞ」（Mu'te ce orbo），脅迫する田舎者
「私と一緒に狼狽したまえ」（O'turbe, meco），お祈り
「何と醜いことよ」（E com'è bruto），美男コンテスト
「私と一緒にクークー鳴くとしよう」（Tubero meco），キノド
　アオジ（鳥）
「車輪よ，格闘せよ」（Ruote combé），タイヤ修理工
「汝か，B級商品か」（O tu, o merce "B"），二者択一
「残忍なボヘミア人」（Truce boemo），連続殺人魔
「おやおや，ドカン，せしめたぞ！」（E to'. Bum e cor!），落
　札者
「メー，短足ののろまめ」（Me, corto bue），カルドゥッチ風
「雄牛が儂を突きさした」（E tor me bucò），闘牛士
「さあ，それでどれほど私は損害を与えたのかしら？」（Be', e
　com'urtò?），事故に遭って
「エコは私には野獣だ」（Eco m'è bruto），被告人

ミュージック・ホールのために,『ボンピアーニ社年鑑』
表紙を飾ったワンダ・オシリス

　　　　＊　　　＊　　　＊

　父祖たち。せめてひとりでも際立った先祖——たとえ家族内に限るとしたにせよ——がいないとしたら，われわれを苦しめるあらゆる否定的なものを誰に転嫁できようか。だが，名誉と悪名を身につけた父祖たちも存在する。この観点からは，「ヤンボ－エコ－父祖」なる効果は完全に成功している。しかしながら，そこからだいなしの物を生じさせるのは，父祖なのだ。例として，最良の世紀の1930年代の「父祖－原型」を採り上げてみよう。ファシズムの下に生まれ成長して，そこから抜け出すためにできる限りのことをして，その結果，それもそのはず，もっとも執拗な反ファシストになったのを。それは，1869年兵ミコ・ペレツ——誰（何の重要性も待たぬ大勢）かは言わぬが，4人の祖先のひとり——だ。小っぽけなパスタ製造業者で，反動的な反ガリバルディであり，モンテヴィデオ・ブエノスアイレス・キューバ・ニューヨーク・ボストンへ蒸気帆船で旅していた。彼はほかの世界を発見して，それについていささかきざで，いささかむかつく見方を導き出していた。ナポリに戻ったときはきざだったし，そこを離れていたときにはむかつかせた。ノスタルジーの仕業だった。

　ラジオ，ＴＶ，映画もなく，写真も稀だった時代にあって，新聞社の特派員たちは自分の欲したことを語っていた。何も反論できないものだから，読者は聞き入っていた。

　ミコ・ペレツ氏は熱心な聞き手だったから，彼のパスタ会社の事務所の一室は新聞，雑誌，旅行書，あらゆるタイプの（英・仏語をも含む）定期刊行物で詰まっていっていた。ミコ・ペレツのこの部屋では，数世代の少年たちがページを次から次へとめくって来る日も来る日も過ごしていた。ところで，ヤンボ－エコの祖父はこれに負けることはあり得なかった。さもなくば，かくも大

ストップ／スポット　55

いなる孫が現われることはあり得なかったであろう。だが……
"さあ"は存在する。一家の文書類を狩り出す代わりに，彼は市場に出かけたのだ。

しかしながら，市場と先祖伝来の屋根裏部屋とに取って代わるものがあったのだ。「ボンピアーニ社の文書保管所」だ。(出版社)家族の一切──リッツォーリ，ボンピアーニ，「コッリエーレ・デッラ・セーラ」，ドッリーコ，エコ，Rcs 定期刊行物が。だが，ここにポイントがある。エコがボンピアーニ社の文書保管所へ掘り出しに出かけたとしたら，ロアーナに関する本をもう書いたりはしなかったであろう。その理由はこれから書き続けることにする。

1960年代の，ヴァレンティーノ・ボンピアーニ──20世紀のもっとも親切で寛大な人物の一人──の時代に，「ボンピアーニ社年鑑」が刊行された。毎年，一つのテーマが掲げられた。エンゾ・ゴリーノはそれの偉大な編集者の一人だった。われわれの取り上げ方はいいかげんだが，やり過ぎではない。

1966年に出た「芸術と遊び」に割かれた年鑑では，トゥリオ・ケジク，ブルーノ・ムナーリ，ジャンパオロ・ドッセーナの本文と，アリストテレスからホイジンハ（この著者のためには，エコも次の数年後に『ホモ・ルーデンス』への序文を書くことになる）にかけての遊びについて，レモ・チェザラーニの執筆した並はずれたエッセイとが見つかる。この年鑑では，ロセッリーナ・アルキントが幼いヤンボに教え──言及し──ていたのだった，19世紀の版画を巧妙に挿入した『わらべ歌・子守歌伯爵』（*Conte filastrocche e cantilene*）に。そしてパオロ・デ・ベネデッティの引用したオリヴァー・ゴールドスミス（1728-1774）の次のナンセンスが，記号論的にいかに食欲をそそるかを感じ取っていただきたい──「むかしむかし，ひとりの老人がありました。彼は子

牛を一頭持っていました／ここまでは話の半ばです。老人は家畜小屋から子牛を取り出して、壁の上に置きました／これでお終いです」。ミケーレ・テスタはこう書いていた——「詩とは／散文とは異なるものである。／だから、散文と韻文は／異なるジャンルである」。

1964年度の年鑑のテーマは「英雄と神話」に割かれていた。そこには、マンドレイクとスーパーマンがいた。エロル・フリン風に上品な口ひげをたくわえ、髪の毛をぴんとつややかに伸ばして、マンドレイクはある漫画のなかでこう言っている——「テリー、さあ、どうかい。あんた、魔法は信じるんだね？」

われわれとしても、ロアーナの魔法が不可能だが不可欠な事物のごく自然らしさで——こういうことは書物ではいつも見られることだった——現われていたとしたら、それを信じたことであろう。数ある目録小説、こういう年鑑にとっての宝庫、——このことは、『謎の炎』の書評家、世話好きのエンゾ・ゴリーノ（いやあ、エンゾ）が隅々まで知り尽くしていることなのだ。なにしろ、彼はいつもずっとこの小説に協力してきたのだから。

1980年には、オレステ・デル・ブオノとリエッタ・トルナブオーニは「チネチッタ」や、ファシスト時代（娯楽映画からフェデリーコ・フェリーニに至る）の創始者ルイージ・フレッディの「チネス」に割かれた年鑑にサインした。しかも1975年にはイタリアのミュージック・ホール「センチメンタル」——ワンダ・オシリス、ラシェル、ファンフッラ、マカーリオ、さらにはパオロ・ポーリやアルベルト・ソルディ——に割かれた年鑑が出ていたのだ。すでに、万人の屋根裏部屋があったわけだ。たしかに何も捨てるものはない。だが、真面目なリサイクルをかつぐ理由はあるまい。各世代は物語られたり、往々にして、再評価されたりしうるためにこそ過ぎ去って行くのだ。前座のショー、トトー、チッチョと

フランコを見たまえ。暗黙の合意——書評界，出版界，広告界の——が，忘れられたカセットのなかに収められている既知の事実の再版でしかないものを，新世界の発見として押し通しているのである。ところで，幻滅というものはすべて，承知していたものに属するのかもしれない。なにしろ，昔から，無知な人が多ければ，ますます驚異は深くなり，かつ真実味を増すものなのだからだ。だが，水源が存在するというのに，水はただそこから，中に水を詰めたプラスチックびんから出てくることをどうして回りくどく物語ったりするのか？ いたずらっ子をびっくりさせるためなのか？（Pour épater le vilain?）

*　　*　　*

　われわれが名づけるすべてのものは正真正銘の事実だ。これらのものの組み合わせは，作りごとめいて見えるかも知れない。馬や飛ぶという言葉は，正真正銘のものを指している。だが，飛ぶ馬は否である。時代に耐える文学とは，作りごとめいているものが信じうるようになり，統一体に至るような文学である。『オデュッセイア』，『フィレモンとバウキス』，『ドン・キホーテ』を参照されたい。ところで，われわれが両手にしている文書は，たぶん誤って（われわれが以下にそっくり転写することにする）この書類の出版社宛に発送されたものなのかも知れない。

　「8歳のウバート・エコームが明らかに精神錯乱状態でメルボルン地区の市立図書館付近をさすらっているところを再発見された。眠気に悩まされながら，しかも成長期の諸問題の専門精神科医や友人，牧師，両親のとりなしをもって，とうとう彼が次の文を口にした——"I am a reader, I am alone, I am lost. Alas! Fling"〔僕は読者だ，僕は孤独だ，僕は進退きわまっている。ああ！　発射だ〕。

モスクワ、1937年。"スターリンの恐怖政治"の時代の一挿話

「幼いウバートが達者な発射のうちに，われわれはブーメランに違いないと思しきものを探したが徒労だった。なにしろ，彼の祖父はマオリ族だったし，祖母はアイルランド人だったからだ。徒労だった。しかしながら，市立図書館の周囲でわれわれは漫画『女王ロアーナの謎の炎』のイタリア語のコピーを発見したのである。」

「最後の試みとして，われわれがそれをウバートに示すと，彼は両手にするや否や，窓から投げつけながら，叫んだのである——"Alas! Fling"と。こうしてわれわれは理解したのである，この本がこの少年を襲っていた濃霧と何か関係があったことを。さまざまな試みをした後で，とうとうひとりの地方言語学者で，ラテン語・アラマイア語・スウェーデン語・プッリャ地方方言・イタリア語を含めてさまざまの印欧語に通暁した人が，*La misteriosa fiamma della regina Loana* の本文を解読した。その結果，このタイトルは文 "I am alone, I am lost, I am a reader. Alas! Fling" と同じ字母から構成されていることが分かったのだ。同じような精神錯乱のケースを避けるために，われわれはこの出版社本部に，この漫画を英語圏の子供たちに普及しないよう依頼することにした。敬具」。後に署名がなされている。

*　　*　　*

現世性への教育としての記号論？　こういう範囲の質問は，まさしくエコの最新作『ロアーナ』のような "流産"（divertissement）を真剣に受けとめるようわれわれに強いるかも知れない。だが，それのうちの明らかに一つ——小説，文学——を構成している二つのものを見分けねばならない。

小説化のこういう「二つのもの」とは，文字と想像力である。だが，読者はそれらの総合を構成している第二のもの——回答

雑誌「ニューヨーク・タイムズ」（1980年11月2日号）。がらくたの勝利が成文化されている。右手の人物は TV のトークショーで有名なそれと，同名異人のジミー・カーソンである

——を探し求める。戦後，イデオロギー的・"教養的な"，"社会参加"文学とともに，文字と想像力は回答に奉仕させられた。こういう回答は，政治的な計画に機能する文化的力（つまり，市民生活の中枢的職業）の，あのあらゆるセンターにより示唆され，誘導され，事前に調整された回答たらざるを得なかった。文字や空想の自由な創造性にとって幸せな時代ではなかったのだ。

　これら二つは抑制されたのだ。そして，こういうことはイタリアではファシズムで，ロシアでは革命派共産党員（ボルシェヴィキ）で，ドイツではナチズムで，中国では毛沢東の「赤い語録」——つまり，中国文化大革命——で行われた。この文化の季節は，ボルシェヴィズムによって擁護されている間に，エズラ・パウンドを裁判なく12年間精神病院に収容させた（1945年のことだった）し，こうして，20世紀の大物詩人のひとりを彼が欲していなかったもの——つまり，ユダヤ排斥者・ファシスト——だと弾劾したのである（ジューリオ・ジョレッロ筆「マガジーン」2004年9月2日号，76ページ）。こういう（非）文化的な季節が，20世紀の大部分にわたり，映画・造形芸術・建築・（とりわけ）感覚と真実との——つまり，個人的感覚と強要され流布している知識との——関係を条件づけたのだった。学派の一部も加担した。しかも，栄養十分な埋葬作業従事者たちにより組織されたこういう学派が，この時代には社会の文化的消費を助長する分母的な層を形成していたのである。一例をあげると，まさしくジャンパオロ・パンサが1945年4月25日以後も優に1年以上続いた，イタリアの内戦に関する死体安置所的な書物でもって示そうとしたのは以下のことである。つまり，"真実"のための証拠を隠すために，個人的"感覚"のこういう欲求が，（まだすっかり和らげられているわけではない）怨恨や苦痛を蓄積してきた強制・命令に無理矢理服従させられていたのだ，ということを。パンサもやはり屋根裏部屋に上がったのだった。

こういう文化的調教の時期は,「戦闘的・社会参加的文学」の呼称の下に経過したのであり,それはイタリアの左翼の文化的占有を現実化したのである。それは絶望的な戦略だったのだが,しかしこの災いの結果はわれわれイタリア人に残存しているし,残骸は消しがたい亡霊のように生き延びている。もう一つ,驚くべきことがある。つまり,師匠たちはその誤りもろとも,消失したというわけではないのである。

　今日では──見た目こそ違え──類似イデオロギー的形成の側からの文化占有への機能本位の戦略が,マーケティングのマルチメディア・チャンネルを利用しているし,学界の代わりにウンベルト・エコの周囲にマルチメディア社会の形成とはまったく関係のない安上がりな出版グループが存在しており,他方では,これらが文化的な力への合意形成に偏向的な作用を果たしているのも,偶然ではないのだ。

　無効にし（かつ再教育し）ようと意図されているのは,自らの存在感を選択する個人の権利なのである。それに代えて,確信的なモデル,（経済的意味で）市場・生産・広告・コミュニケーション・文化を固めている持ち株に基づいて公認された合意を据えようとしているのである。こういう計画を実現するためには,さまざまな問題を提起したり,議論を開始したり,あるいは個人的探究を刺激したり,知的刺激を与えたりする書物は危険極りない。読者大衆の気は散らされてしまう必要があるのだ。

　それだからこそ,笑いの話の本が放出されたり,キャバレーのコミック本が氾濫したり,ゴシップ（をさも一種の知識に見せた）雑誌が流布することになる。こういう雑誌にあっては,知は公・私を問わぬ生活においてもっとも皮相的で俗っぽい女事務員へ"もぐり込むこと"をこととしている。それだからこそ,党派的な新聞雑誌（Rcsグループの「レプッブリカ」,「ラ・スタンパ」,

「レスプレッソ」）が出回っているのであり，存在に対する所有の優位が確立し固められた結果，それらはこの優位に魂を入れざるを得なくなっているのだ。なにしろ，生きとし生けるものでもっともむかつかせるものでさえも，魂を必要としているからだ。

　同じことはTVにおける告白，「使用と消費」への愛好，情緒的マーケティングの大衆的センセーションにスペースと知名度を与えるための沈黙的感情の砂漠化（情緒はもっとも頻用される語の一つである）と並んで，もう一つの新しい戦略——も・の・の価値，『バラの名前』，『存在しない島』＊——が忍び込むことになる。ありうるべき夢，寓話として語られた過去が。物語はフィクションである。だが，なぜみなさんはそれに魅せられるのだろうか？ここには——市場，屋根裏部屋，柱，屋根裏部屋のトランク，には何でもあるのだ。われわれは「どのように」，「どこに」あるかを言いたいところだが，とりあえず，地面の具体性を眺めて，物思いから解放されたい。考えることはのっぴきならぬ苦痛を引き起こすからだ。そして，そこのコレクションに没頭されよ。キオスクは工作機具や，ナンバープレートや，人形や，プラスチックのプレゼピオや，ビールびんや，びんのふたや，ドナルド・ダックや，おもちゃの兵隊や，時計や，ショルダーバッグや，扇子や，操り人形や，小動物や，チョウチョや，カードや，宝石や，化粧品や，香水や，チューチューなどであふれ返っているし，これらの品物はすべて，一つの名前と一つの意味——楽しみ　　を有しているのだ。大衆よ，さあいらっしゃい。万物を包括するこの言葉——記・号・論（se-mio-lo-gi-a）を習いたまえ。ここの地上には，万人の手に入る天国があるのだ。これは，ウンベルト・エコが言っている言葉だ。そして，連帯と共感に縛られている間に，

　＊　エコの『前日の島』を暗示している。（訳注）

われわれとしてはマルチエスニックで多宗教な美しい夜の松明行列を，カンピドッリョの丘からコロッセオにかけて作るとしよう。数多くのものをいちいち列挙しても，それは無駄だ。

ところで，針穴に麻縄（有名ならくだ）を通させるためには，極上のテーラーが必要だ。商社でなくしてどこにそんな者が見つかるだろうか？　それだから，ほかのページでわれわれがすでに言及しておいたように，見てのとおり，アルベルト・アソル・ローザ，アントニオ・ドッリーコ，ステーファノ・バルテッザーギ，マテオ・コッルーラ，ジャンパオロ・パンサ，エンゾ・ゴリーノ，ロベルト・コトロネーオ——みんなそれぞれに，新しいモラーヴィア，射幸性にかかわるがらくた屋の吟遊詩人である——のお出ましとは相成るのだ。こういう射幸性こそは，人を大いに走り回らせ，しかも無用なものの消費をあおるのである。それでも，上からの命令にもかかわらず，エンゾ・ゴリーノ，マテオ・コッルーラ，ロベルト・コトロネーオは，エコの不休のロアーナに従ったのである，——しかも意に反してまで (obtorto collo)。

実際，これら３人を以下の順に，Enzo-Golino-Matteo-Collura-Roberto-Cotroneo に置き，それから彼らを混ぜ合わせてみたまえ。そうすると，書物，つまりエコ（ためらうことなく冥界の神(オルクス)と呼ばれている）に対しての，三幅対の批評の真の実体が現われてくるのだ。つまりアナグラム化すると，"Il neo Gonzo/Urla : ma l'è cotto?/Berrò Te noto Orco"〔新たな盲信者が／どなる——終えたのかい？／悪名高きオルクスめ，汝を飲んでしまうぞ〕。この意味は明白だが，抵抗する人びとのために説明しておくと，社長が批評家にどなる——「エコについての記事はできたかい？」すると相手は義務に服従させられたことで激昂し，「悪名高きオルクスめ，むしろ貴様を飲み込んでしまいたいわい」，という意味なのだ。しかしながら，考えることと，考えたことを

実行することとは別だ。「万人は一人のために」(Tutti per Uno)の文学批評とても同じである。夜の松明の行列も同じである。

だが幸いに,というわけではないが,われわれは考えるとおりに書く人びとを持っているがゆえに,われわれは「一人は万人のために」(Uno per Tutti)をも,つまり,読者たちのための批評家をも持っているのである。前置きとして注釈しておいたように,ずっと何年も前から,もう教養書について語られることはますます少なくなっており,他方,消費のための本についてはますます多く語られるようになっている。かつては日刊紙の差し込み本は豪華で多様だった。今日では僅かな新聞――「ラ・スタンパ」,日刊文化誌「カトリック研究」,「イル・ドメニカーレ」,「イル・ソーレ24時」,「イル・ジョルナーレ」,「アッヴェニーレ」,少々「新しい話題」(Nuovi Argomenti)――が数えられるだけだ。その他は企業の作用を果たしている。

ほかの声についても報告するために,三つの例を取り上げることにしよう。ここまで述べてきたのは,エコとそのトルバドゥールたちへの大太鼓である(「私のことを話題にするのなら,話し,話し,話しまくっておくれ」)。われわれが見ようとしているのは,職業的な読者であって,「アソル・ローザ風の」文化封土の封臣たちではない。

第一はチェーザレ・カヴァッレーリである(然るべき情報は,http://www.ares.mi.itで得られる)。彼はほぼ毎月(映画のためにメレゲッティが行っているように)「カトリック研究」誌上で"読書"なるコラムを発表し,書物についての何百という批判的考察を付している。模範的で,豊かで,機知に富み,楽しい便覧,手引,宝庫なのであって,そこでは読書への指示・招待が人生記事を切り抜くための配慮として提示されているのである。ところで,以下に述べることは,完全な情報のためにチェーザレ・

カヴァッレーリが「イル・ジョルナーレ」(2004年6月25日号) 紙上で,ジョヴァンニ・パッキアーノが「イル・ソーレ24時」(7月18日号) 紙上で,そしてカミッロ・ランゴーネが新聞「イル・フォリオ」(7月1日号) 紙上で,エコのロアーナについてそれぞれ書き記したことである。手始めに,最後のものから出発しよう (ナポリのカンツォーネ「一杯のコーヒーカップから」(Na' tazzulella e' cafè) も言っているように,楽しみを上昇させるには,底から攪拌する必要がある)。カミッロ・ランゴーネ曰く,

「本書を真に読みたいのならば,これは長いキャプション,通俗小説であって,ここでは博識のあらゆるひらめきがいわばデ・クレシェンツォの何らかの本におけるように,説明のしぶきですぐにかき消されている。違うのは,デ・クレシェンツォがキャバレーの常連とみなされているのに対し,エコは"ボローニャ大学人文研究科科長"であり,3行の新聞記事における7つの大文字そのものなのである (*Presidente della Scuola Superiore di Studi Umanistici presso l'Università di Bologna*)。ウンベルト・エコは華やかな伝統的作家なのであって,私はまさしくボローニャ大の講義で活動中の彼を見かけたのである。

その日は (ただし,いつもそのようにしているらしい),彼は賢くて面白い,万人でもっとも賢くて面白い人物であることを示すためにそのひげを総動員した。自分自身の大きなさくら,バランツォーネ,＊ うぬぼれ屋,道化役者として,彼は自らのジョークをまだ終えてしまう前から笑っていた。実にうんざりさせる人物だ。

第一列目にはインジェ・フォルトリネッリがいて,声高に笑っていたか,あるいはたぶん歯をむき出しにしていた。彼女にあっ

＊ コンメディア・デッラルテに出てくる,物知り顔の,仮面をかぶったボローニャの博士。(訳注)

ては表情が時を同じくしているので，どちらなのかは分かり難かったのだ。小説もすっかりこのとおりなのであって，400ページにもわたって多くのわざとらしいおしゃべりと多くのもやもやで目くばせさせている。主人公の精神錯乱を思い浮かべるためには，誰の脳裡にも出てくるであろう最初の隠喩が，このもやもやなのだ。250ページでは『女王ロアーナの謎の炎』が「人の心がかつて思いつくことのできた，もっともつまらぬ話」と規定されているし，作者は漫画のことを話題にしているのだが，読者はどうしても疑念を抱かさせられるし，この疑念をもっと追い詰めることになる。

どうして人はそんな罰を科そうと欲するのか？　彼に対しては，《好き勝手にしなさい》と言うべきだろう――巡査たちが重罪を犯すことがとてもできなかった少数の善人を自由にするときの調子で。

私はアッティリオ・シエンツァ教授の『古い少数のイタリアのブドウ品種事典』(*Dizionario dei vitigni antichi minori italiani*) を開いて，何か将来のあることを約束しているのをついに読み始めるのだ」。

さて，今度はジョヴァンニ・パッキアーノだ。

「図解事典，ブリキ缶，床屋のカレンダー，おもちゃ，人形，おもちゃの兵隊，らっぱ状の蓄音機，古いラジオ。挿し絵入り新聞，漫画入り子供新聞，レコード，書物，書物，書物。だが，エコの目録には情緒的な点火は存在しない。ただ，油を含んだ人のよさだけだ。これが本書の主たる欠点である。その作中人物も同じであって，失われた歳月，これだけなのだ。ただし，彼の歳月はそうではない。彼はノートや教科書から再出発しなくてはなるまい。ついには，彼の昔の二々五々の詩を通して，青春時代の初恋の亡霊，少女リラに偶然出会うまで。

1920年代と1930年代の中産階級のおもちゃ
アルファ・ロメオ《P2》(上) と《バリッラ》(下)

そしてとうとう，その人のヴィジョンに出会う用意をしていて，彼にとってはその人が「世界の中心(へそ)」——正確には，夭折した少女リラ——だったことを理解したのである。
　地上の楽園にベアトリーチェが到着するという，復活やパロディーのうちに，これ以上のキッチュがあり得ないほどの，一種の多種多様なパレード行進に立ち会うのだ。宿命的な女性たち，漫画の主人公や悪人たち，書物の人物たちであふれている。印象は作者の過去の幼児期や思春期の訓話本（文学的であろうとなかろうと）に直面しているという感じだ。入念にプログラム化されているが，不揃いで堅い部分から出来上がっている。引用を繰り返すという無理じいで空しくかきたてられている（19世紀のほかの大いなる，ものすごい引用主義者にはドッシやインブリアーニがいた！）」。
　そして最後に，チェーザレ・カヴァッレーリはこう言っている。
　「同じく心理を見抜ける妻パロラの助言に基づき，ヤンボは青春期を過ごした田舎家に出かけて，見慣れた品物に触れながら，自分の過去を再構成しようと試みる。この配慮は効果を発揮し始める。そうこうするうちに，ヤンボ－エコは戸外のブドウ畑で自分の持ち物（「まだ蒸気の出るカタツムリ状の素晴らしい構造物。ボッロミーニ」）を眺める機会を得，それから，祖父が戦時中4人のレジスタンス運動家を中に隠まっておいた，壁でふさがれた礼拝所をも含めて，部屋から部屋を回ると，あるわあるわ，新聞，レコード，競走馬のカレンダー，切手（すべて入念かつきちょうめんに書かれている），おもちゃ，写真，1940年代のカンツォーネ……が。要するに，どうでもいいものだ。創意工夫も，アイデアもないこんな記述欲が，どうして当初は，洗練された忍耐心を産み出すのか？　ある知人が家族写真集（"彼の"家族の——これはおばティッツィだよ，これはケーキ屋をしていたおじアンバーレだよ……でもそんなことはどうでもよいか？——）をめく

セルジオ・トファーノの演劇作品を集めた本と，
ボナヴェントゥーラ・デッラ・ベル

北京−パリ用の舞台美術（セット）（1907年）

ストップ／スポット　71

りながら，それをコメントしてくれるときに，そういう忍耐心を覚えるものなのだが，その後では，ある仲間のヴァカンスのスライドを眺めていて，ある夕方の怒りがこれに取って代わり，夕食への招待を引き受けたあの瞬間が呪わしくなってくる。

　エコが書いているのはすべて，現実の時間のなかでのことであるし，そしてまさしくタイミングのよさということが"小説"では間違えられているのだ——45回転レコードを33回転で聞くみたいに。ちなみに（384ページで）分かるように，ウンベルト・エコはジョゼフィン・ベーカーの小さな写真を眺めていて，初めて射精したのだった。このベーカーは文学であって，情報内容には関係ない。299ページ以降は，エコもそれまでむやみやたらにやってきたカタログにうんざりし，そのときからは，ヤンボに脳卒中を起こさせており，彼は昏睡に入って，もはや自分の記憶がなくなり，あるいは夢見ることもなくなるのだ。けれども，繰り返される話は依然として変わらない。ただし，20ページ（355-375）は別であってここでは少年ヤンボがドイツ兵の捜索しているコサック人数名を夜中に手引きする，ペーソス豊かなレジスタンスのエピソードが物語られているのである。

　無神論者でアナーキストのグラニョーラによる少年ヤンボに対しての"哲学的"教育については，言及するには及ばない。『悪しき神』や戒律選択に関するありきたりな，職場クラブ＊会員的なグノーシス主義のことは。こういう思想は，トリーノ大学でのエコの元同僚ジャンニ・ヴァッティモの弱い思想よりももっと脆いものである（彼ら共通の師匠ルイージ・パレイソンにとって名誉棄損というわけではないが）。

　小説のフィナーレは大破局のトレーシングであるのだが，そこ

＊　ファシスト政権下の労働者のレクリエーションおよび共済の施設。（訳注）

ヘスのおもちゃ

「イラスト版トリビューン」(1904年) の絵。
ゴードン・ベネット夫妻の走行を記念したもの

ストップ／スポット

では漫画の登場人物たちがウンベルト・エコの創意の乏しさを証明するかのように出現している。彼は空想力で作業する術(すべ)を知らないのだが，ただし，彼だけを喜ばせる新入生のお祭り風な，遍歴書生的パロディーだけを作ることには成功している。だから，エコの前作（『バラの名前』は除く。これはイデオロギー面でもっとも油断のならない作品だ）同様に，たいそう買い求められてもほとんど読まれないであろう，もう一つの小説ということになる。

456ページ全体から，学ぶものは皆無である」。

* * *

だが今回も，カバラ主義に基づくゲマトリアの最高の力が記号論学者に荒々しいいたずらをして，彼の意味を覆したり，彼をかばって防塞を築いた取り巻きたちを粉砕したりしている。また実際，真の構造を混ぜ合わせることにより，「一人は万人のために」の批評家たちの名前（順序は，Cesare Cavalleri-Giovanni Pacchiano-Camillo Langone）は，以下のように真を偽に戻すことになる——"L'Ira Vera, Eccelsa/Giochi Vani N'an Poca/nell'Agon, L'Amico"〔真の類まれな怒りよ，／空しい遊びは／競技において友が／少ない〕。したがって，文学的挑戦は——戦時には戦時のように＊（à la guerre comme à la guerre）なるモットーを受け入れる必要があるとすれば——その語形変化形のうちにすでに記され，告げられていたわけだ。糖蜜は書物に対しても危害を加える。高い血糖率は文学にあっては，チェーザレ・カヴァッレーリの鋭い，健康的な「類まれな怒り」と格闘しているのだ。

* * *

―――

＊　「不自由に耐えねばならない」の意。（訳注）

「子宮－屋根裏部屋」のなかに埋没して,エコ教授は数々の品物を介して自分探しに取りかかる。なにしろこれらの品物こそが,象徴的な目眩（めまい）によって眠らされた彼の記憶を再び目覚めさせるであろうからだ。係留と解除としての記憶は,清新体派的,無政府主義的な思想でもあり得た――「私グイードは,君とラーボと私が,魔法にかけられて,帆船のなかに置かれていること……を望みたい」。この「帆船－子宮－屋根裏部屋」の中に魔力にかかったみたいに置かれて,エコ教授はファウスト博士――またはアーダルベルト・フォン・シャミッソーのペーター・シュレミール＊――に変身することができたし,しかも肯定的な版では,まさしく大地――そこでは自我を意識しない,幸せな永久の幼児がいつまでも生きるものと確信している――へ向かう舵取りに変身することができたのだった。

実存的な夢のこの象徴的で隠喩的な行程を物語ったり,どんな犠牲を払ってでも紙の収集癖市場で見つかるものをすべて列挙したりするためにはそんなことは必要ではなかった。記号論風に言えば,全体に代わる部分,見本,指導的記号,さらにはまさしく無比なものを（これは絶対なものなのだから）規定し確認する原型だけで十分だったのだ。一切のものを総合する象徴だけで十分だったのだ。

ところが,否なのだ。とにかく,目録はまっぴらだ。自然発生的に脳裡に浮かぶのは,オリアーナ・ファッラーチの"風刺的エッセイ"――腹では共有できるが,論理,頭では弁護できない,議論で一杯のエッセイ――である。

ただし,これは『コッリドーニ地区』(*Quartiere Corridoni*) のような,かつての研究資料を備えた読本とか副教本,1930年代

＊ 池内紀訳『影をなくした男』（岩波文庫,2003[33]）あり。（訳注）

のすべてのしっかりしたファシスト党の幼児の読本みたいな，イラスト本ではない。もちろん，Pue はそのことを知っている。ムッシーノ，ヤンボ，ヤコヴィッティ，その他大勢のイラストが，物語・文字・出来事を解釈したり，まさしく物語られていること（したがって，エコの本に本質的に相関していること）を見させたりするのに役立ってはいないという意味で，言っているのではない。逆に，それらイラストは目録を中断したり，屋根裏部屋のトランクの中にあるものを見させたり，要言すれば，収集家の宝を示したりすることに役立っているのである。それらイラストはエコの本にではなくて，エコにとって機能しているわけだ。

　拙著を説明ないしテストすることにしよう。本書はどうしてもイメージや，収集家の発掘資料を添付せざるを得なかった。さもなくば，本文の"カタログ愛好的"性格が，支援，口実，正当化，信憑性を見いだしはしなかったであろう。

　読者諸賢の記憶術的イメージを信頼したり，信用したりすべきだったであろう。いかにしてそれを突き止められるのか？　また，ヤンボの私には，『チュッフェッティーノ』ではなく，『ファンファーレ隊長』が気に入ったとしたら？　これとは別の本を心に抱けば，読者を別の方向，ひょっとして，別の本へと導いたかも知れないのだ。

　恐ろしいことだ。だが，エコは屋根裏部屋のトランクに没頭していて，歴史的記憶の年数を経た責め苦に陥ったのである。

　「歴史的記憶」に賛同した作業の仕分けをしている人の仮説をかつて考察されたことはおありだろうか？　そうすれば，共有しうる記憶をきちんと並べる代わりに，それが再検討され，訂正されたもの——いわゆる"デマゴーク的ノスタルジー"——を選び出していることを発見されるであろう。ほとんど左翼の人物コッフェラーティが勝利したとき，ボローニャよ"こんにちは"を謳っ

たように。さながら、ほかの人びとがグワッツァローカの勝利のために、"青春真っ盛り"を歌ったみたいに。さながら、ヴァーチャルな対立がプロテストのデモを生じさせても、何らの反対もなかったみたいに。今日の"ノー・グローバル"派が2005年ではなく1968年にいるものと確信して、プロレタリア階級の費用を支払おうとしているときにそっくりだ。

エコの本では、イラストは明らかに、記憶の回復行動と同時代のものであるに違いない。だが、参照されているのはいつも排他的にというのではないが、明らかに、一時期——したがって、エコの同時代人たち——であるから、進行中に、記憶術的 - 喚起的取り決めが共有できるために最小公分母となるはずのものが、逆に不足したり、逸れたり、過剰になったり、もっとひどいことには、文化的相違以外に、社会階級の相違をも引き起こしているのである。

まるで一つの社会的階層が別のそれ以上に、一つの時代を代表しているかのようだ。社会学の総括的なやり方に対する、階級主義の優位である。これも掘り出し物を探しだす元となった記憶の屋根裏部屋が語り的虚構であり、どうしても後ろ向きに機能せざるを得ない、後天的に構築されたレパートリーであるからなのだ。異議あり。ただし、レパートリーは私のせいであるし、健忘症は私のせいであるし、したがって、私は私のものでこの健忘症を回復することになろう。よろしい。だが、作家エコにかけているものは、(そこ、トランクの中にある) 想像力なのではなくて、"豊かな想像力"＊（immaginificità）なのだ。実際、こういうものは文学の想像界には特有なのである。言い換えると、それは想像的実質であるし、リアルなものの創造なのである。エコは自由に

＊ ガブリエーレ・ダヌンツィオの換称。彼は「豊かな想像力の人」と呼ばれた。(訳注)

ストップ／スポット　77

手に入る材料でメニューを作らざるを得なくなったのであり,忘れざるを得なくなること,それは,彼が後で再発見できると分かっていることだけなのだ。プログラム化された忘却なのだ。ほかの忘却には,ほかの目録があるのだ。

*　　*　　*

「拝啓　編集者殿。作家の知らぬ間に,本文中に次の啓発的な歪曲をこっそり忍び込ませられたし。つまり,*La misteriosa fiamma della regina Loana* は "L'infido è il narrato, e amalgamai melassa"〔当てにならなぬことが語られている。だから,私は糖蜜を混ぜ合わせたのだ〕に一変するのです。

敬具

天国のフェルディナン・ド・ソシュールより」。

*　　*　　*

手に入る掘り出し物と結びついた語り‐カタログ化の手続きが,完全に階級主義的な定義を引き起こしたのも,おそらく意図してのことだろう。読者——または国税庁——に(そのうちカタログ化することになる)広大なコレクションを釈明しなければと考えていて,ある時点で本の作中人物(妻)のパオラなる者(いつも回答を教えてくれるプロンプター役をしている)にこう言わせている——「私たちは億万長者ではないけど,立派に生活している」,と。だが,受け入れられる論議がない場合の自己過信は,"成り上がり主義"の精神的道程の一つであり,また,推定独善の危険な示唆物でもある。裕福な人びとの屋根裏部屋のある家には,あまりに多くのものが不足している。なかんずく不足しているのは,時代精神のしるし——後にファシスト政権時代(1922 1943)となる時期の,文書・文化・流行をなしていた一切合財——である。

エコの先祖をほかの先祖と対照するためにそこにあったに違いないもの，それはバッジ，定期券，いわゆるツーリング・クラブのコレクションである――外国語で引用することは禁止されていた（だが，フランス人たちはド・ゴール，ミッテラン，シラクとともにフランス風を擁護している。パリではコンピューターはどう呼ばれるのだろう？）。そういうコレクションとしては，ツーリング・クラブの月刊誌「イタリア観光連盟」(*Consociazione Turistica Italiana*)，有名な「ラ・レットゥーラ」(*La Lettura*)――英語の「ナショナルジオグラフィック・マガジーン」をかなり下手に模倣していたのだが，こんなことは言われるべきでなかった――，それに，ガレージには「ランチャ・アウグスタ」(*Lancia Augusta*) があった（屋根裏部屋を持っている人は，田舎ではガレージも持っているのだ）。この車はフィアット508，"バリッラ" よりも高級だった。仰々しくて丸みのある帽子入れの中の紙くずを糊づけしたつば広帽子。フランスの Cij 製アルファ・ロメオの "P2" のモデル。1925年にアントニオ・アスカリがヨーロッパ・カーレースのグランプリを獲得したレース車。ムッソリーニが愛用し，そのため，当時の金持ちの中産階級にとって欠かせないものだった車。さらに，インガブとベルのブリキ缶とゴムでできたピノッキオ。リトグラフ用の薄い鉄板のスクーター "ボナヴェントゥーラ"。"*Sto*"（セルジオ・トファーノ）のすべての芝居を収めた本（エディツィオーニ・アルペス社，ミラノ，1930年刊）。ビング式リールによる映画プロジェクター，その他。追加レパートリーをやりたくはない。エコは以下のように自己正当化している。ヤンボは本屋を職業としているから彼の注意はとりわけ書物に注がれているのだ，と。そのとおり。でも，幼時から？　彼は遊ばなかったのか？　幼児にとっては，書物や絵は遊びの補足物である。では，この古本屋はどう呼ばれているのか？　ボドーニ

だ。どうして，ギャラモンとかイタリクスではないのか？　あふれる書物のうちに，まさしく遊びに関する書物は欠けているのだ。

1900年の解説用図版を満載したオエプリ社のおもちゃ500マニュアル本とか，疑似科学的な魔術まがいな遊びの手引書『趣味の科学』(*La scienza dilettevole*) とかは欠けている。だから，エコはジャンパオロ・ドッセーナとかマルコ・トーザに助言を求めてもよかったのだ。不可欠な助言だったのだが，残念なことにそれは活用されなかったのだ。とりわけ，エコ－ヤンボ－ボドーニの祖父の，この豊かな中産階級の館には，二つの掘り出し物が欠けている。小切手"イタラ"の複製と，父のルイージ・バルジーニが息子シピオーネ・ボルゲーゼと一緒に著した『自動車から見た世界』(*Il mondo visto da un'automobile*) である。この本は多数の写真入りで，北京－パリ間の自動車長距離レースを物語っている。付録には，「コッリエーレ日曜版」(*Domenica del Corriere*) の二つの号――旅の若干の出来事を伝えている――のほか，「図説イタリア」(*l'Illustrazione italiana*. 1907年8月18日号) が付いている。さらに，1904年の「ヘス自動車」(Hessmobil) も欠けている。こういう金持ち中産階級の二つの品は，一時期の不可欠なしるしなのだけれども。

実は大がかりな考えをすることもできるのだが，そうするためには，どの程度まで大がかりに考えられるかを知る必要がある。知らないことは想像できないからだ。ところでこういうすべての掘り出し物が自由になる記憶術的装置の中に存在し，したがって，それらがアンソロジーのように不完全である以上，記号論の山を構成しているとしたら，結果としては，書物に応用された記号論は言語学のシンデレラ*に（歌声というよりも，猫の鳴き声に）

＊　不当にまま子扱いされていること。（訳注）

なっていることになろう。シニフィエは偶発性に結びついてはいない。むしろ，意味実践のシニフィエ(複)は，表面的に曖昧なだけなのであり，それらは暴かれねばならないのだ。さもなくば，そのコミュニケーションは不完全ということになる。

＊　　＊　　＊

アントニオ・アスカリが運転するアルファ・ロメオの"P2"はパスすることにする。だが，1904年にレオン・テリーが"ゴードン・ベネット優勝杯"を勝ち取ったスポーツカー・リシャール－ブラジエについては，それがマニアにとってくだらないものであるかのような振りをすることはできない。とりわけ，当時のジャーナリストや作家がこういうスポーツ車のパイオニアたちの出現にかなりのスペースを割いていたのだから。実際，このレースを組織したゴードン・ベネットは，ニューヨークの「ヘラルド・トリビューン」紙のオーナー社長だったのであり，彼はそれらの出現で，「ヘラルド」紙のパリ版の発行を意図していたのである。さながら，今日シューマッヒャーが，モンテゼモロのルカ・コルデーロの経営する「コッリエーレ・デッラ・セーラ」社所有のフェラーリで，1000マイル・レースに参加するようなものだ。それだから，まあ，世界を知っていた祖先たちの屋根裏部屋には，記憶のほかに，これらのものについての掘り出しものも保存されていたわけだ。われわれは今日に生きているから，こういうレースや，マシーンや，その他すべてについての話は，カール・デマントとパウル・ジムサ共編『大胆なる人びと，スピード車』(*Kühne Männer; tolle Wagen*, Motorbuch Verlag, Stockholm, 1987)において見つかる。

＊　　＊　　＊

歴史的記憶と精選された記憶とが存在する。花押を信用してはならないのだ。計画された忘却に対抗して組織化された記憶の優位と取っ組み合いをする結果に終わることだけは決してすまい。

*　　*　　*

だが、このレパートリーにして人類学的な概論は一つの心性の暴露でもある。ある人をそのコレクションみたいにもっと裸にするものは皆無なのだ。エコの場合、その暴露はこうなる——つまり、ウンベルト・エコ教授は大いなる名誉と成功を得た後で、うんざりし始めたのである。インスピレーションに関しては、文学における倦怠が素晴らしい助言者だったためしは未だかつてない。

この時点で、がまん強い読者諸賢もお分かりになったように、組織化された書き物は瓦壊されがちなのであり、そして書き物が作家の文化的イデオロギーの表現であればあるだけ、それの実質を立証したいという誘惑は強いものなのだ。誰でも言葉を摑み、それを欲するように使うものだから、書いていても、何らの確信も持てはしない。作家と読書との間に合意が行き渡らない限りは。文学上の問題の核心はここにある。

イタリアでは長期にわたり、「ジダーノフ*－グラムシ－トリアッティ－ルカーチ」のイデオロギー的・政治的計画に依存した「左翼の無教養」が支配してきた。この期間は、コミュニケーションに対して冷静な批評家にしつけられた読者は、その日々を孤独に終えていた。スターリンのロシアでは、強制収容所の中で、またムッソリーニのイタリアでは、ポンツァ島で。

イタリアの1960年代になると、ウンベルト・エコ、ルチャーノ・アンチェスキ、「グルッポ '63」（1963年グループ）のおかげもあっ

---

　*　（1896-1948）戦後、思想界・文化界でイデオロギー批判を行った。（訳注）

て記号論が到来し，文化的現状に対して風刺的・修正主義的な成果をも挙げることができた。しかし，それはエリートの専有物だったのである。実をいうと，フランスでは言語学会が誕生していた1865年に，イタリアは10の方言（作品をも含めて）の一つが他に勝るのを回避するために，国語のアイデンティティを確立しなければならなかったのだ。フランス人がすでにディドロとカミュとの間の連続性を確立することを考えていたのに対して，われわれイタリア人はマンゾーニにかかわらねばならなかったのだ。エコもその本の323ページ以降──素晴らしい語り部分として──ベッペ・フェノーリオの『パルチザンのジョニー』（*Partigiano Johnny*）とか，カルヴィーノの『蜘蛛の巣の小道』（*I sentieri dei nidi di ragno*）からの差し込みをもぐり込ませている以上，どうしても説明のつかないことがある。それは，自由への再評価というあのパルチザンの経験には，（1946年以降，しかも優に20年間にもわたって生じたような）政治ドクトリンによるかつてないくらい調教しやすい思想・文化に対してのインテリたちの自由回復も，結びついているに違いないのではないか，とどうして彼が自問しなかったのかという問題である。

　エコは1922年から1942年にかけてのあらゆる文化的発掘品（マリネッティからボッチョーニ，デ・キリコからバッラにかけての，今日賛嘆者にあふれた展示会が催されている前衛や映画・建築）が，たとえば，モラヴィアや，『ある開票立ち会い人の1日』（*La giornata di uno scrutatore*）の欠陥的なイタロ・カルヴィーノ本人に比べれば，考察したり，あるいは捨て去ったりさえすべきではなかったかどうかを，自問することさえもしてはいないのだ。ネッロ・アイェッロが『インテリたちとイタリア共産党』（*Intellettuali e Pci*）に関しての資料やストーリーを供していただけになおさらだ。要するに，イタリアの歴史上の前衛は1920

年代以降に生まれたことになる。実はエコの本は，こういう戦後期にはかかわってはいないのだが，しかし彼の個人的な文化的走行により，屋根裏部屋への散歩中にこの時期が照らしだされて，彼にとって壮大な発見と再評価とが可能になったのに違いないのだ。しかも，彼の知的伝記がトランクから出てくることになったのも，まさにそのときだったらしいのだ。そのほかのこともある。なにしろ，われわれとしてはヴィットーリオ・ズガルビがリミニのミーティング（2004年）で，レナート・グットゥーゾ（シローニと瓜二つの体制画家。ただし，シローニは20世紀の絵画パノラマに一つの新しい刻印を残したし，一つの様式を創出した）がパリから革新的な形式モデュールを汲み取っていたイタリア流の画家たちよりも，むしろベルトラーメのほうにいかに近いかを最終的に証明するのを，待たねばならなかったからだ。そして，このことが「コッリエーレ日曜版」（*Domenica del Corriere*）をベルトラーメから奪い去ることには決してならなかった。このイラストレーターは，エコもその本の中に刻印を残している時代の印刷習慣に沿って，数多のイタリアの出来事の証拠を残したのである。

　ここ数年におけるイタリア共産党が組織した文化の支配——無用な論戦に周期的に点火させるテーマ——は実のところ，従順なばか者たちへのおべっかつかいに過ぎなかったのだ。コレクション「イル・コンテンポラーネオ」（同時代人）を手に取ってみれば，そのことにお気づきになるであろう。

　映画では事態はいいほうに進んでいたのであって，トトー，ミュージック・ホール，ヴァッレ・ディ・ローマ劇場での最初の上演を行ったダリオ・フォー本人（『大天使たちはピンボール遊びをしない』 *Gli arcangeli non giocano al flipper*. フィオレンツォ・カルピの音楽付き）は難行していたし，そして，「墓穴掘り」（Il dito nell'occhio）のような仲間たち（ジュスティーノ・ドゥラー

ノ，またもフォー，それにフランコ・パレンティ）の違反は無視されていたし，すべてはベルトルト・ブレヒトにピントを合わされていて，「ねこ背たちの演劇」(Il teatro dei Gobbi. アルベルト・ボヌッチ，ヴィットーリオ・カプリオーリ，フランカ・ヴァレーリ）も注目されることはなかったのだ。ところで，エコのこの小説は逆戻りしているように見える。まるで彼の仕事そのものが存在しなかったかのように見えるし，そして，アンジェロ・グリエルミの有名な『焦燥の20年』(*Vent'anni di impazienza*)——イデオロギー文学との関係を断とうと欲したアンソロジー——も，これまで抑えつけられてきたほかの声に門戸を開かなかった一つの挿話だったかのようだ。だが，悲劇的なことは別にあった。つまり，風刺的な雑誌は存在しなかったし，違反すると，兵役に送り込まれるだけだった（今日だったら，フォラッティーニが「パノラマ」*Panorama* でうまくやっており，ヴァウロが「マニフェスト」*Manifesto* でうまくやっているけれども）。そして，「イル・カフェ」(*Il Caffe*) を創刊していたジャンバッティスタ・ヴィカーリは，ファシスト党員と見なされたのだった。

当時だったら，スザンナ・ターマロはナヴォーナ広場で笞刑を加えられたことだろう——「イル・カフェ」の協力者たち全員（チェロネッティから，フラティーニ，チェーザレ・カヴァッレーリ，アルバジーノ，ワルター・ペドゥッラ，ルイージ・マレルバ，グイード・チェロネッティ，シルヴァーノ・アンブロージ，ロベルト・マッズッコ，フランコ・コルデッリ，チェーザレ・ミラネーゼ，ウンベルト・シモネッタ，ジャンパオロ・ドッセーナ，サヴェーリオ・ヴォッラーロ，ステーファノ・ベンニに及んでいる）みたいに。だが，ファシスト呼ばわりすることは，瀕死の人の最期の方策なのだ。今はウンベルト・エコとの遊びに戻るとしよう。（でも，括弧はいくつか必要だ）。認識的・娯楽的・反語-たてま

フレーベルの幼稚園論のタイトルページ（初版，1896年）

え的な機能をする気晴らし——ガイオ・フラティーニから，ロベルト・マッズッコ，ピエルフランチェスコ・パオリーニから，ウリポー（ポテンシャル文学工房。いわば，ありうべき，だが未だ生成中の文学）のフランス人たちに及ぶ。したがって，こういう気晴らしにはかなりの数が存在するのだ。こういう文化の1章は，イタリアではずっと目の敵にされてきたのだが，そのわけは，"右翼"のもの，何かのために機能する，"安直かつ世話好きな"消費として分類されてきたからだ。実際，ネオ・リアリズムが全面的に生まれていたのに，他方われわれのイタリアでは，マリオ・トビーノが『地下活動家』（*Il Claudestino*）を，グイード・ピオヴェーネが『寒い星々』（*Le stelle fredde*）を，ピエル・パオロ・パゾリーニが『ごろつきたち』（*Ragazzi di vita*）——アソル・ローザの『作家たちと民衆』（*Scrittori e Popolo*）の夢物語を10年引き延ばしている——を発表していたのだ。外部からは，レーモン・クノー，ジョルジュ・ペレやイタロ・カルヴィーノが現われていた（カルヴィーノはその後，クノーの『青い花』を伊訳〔*I fiori blu*〕することになる）。

エコの本はポスト－ネオ・リアリズム期と同時代のものであり，書き方ではまさしく屋根裏部屋の発掘品と同時代のものであるのだが，1969-1979の10年間をイデオロギー上でも揺さぶり続けていた前衛全体からはほど遠いものである。

ジャンパオロ・ドッセーナも引用しているように，代弁者は1973年にガリマール社のために『可能性の文学』（*La littérature potentielle*）を発表したマルセル・ベルナブーだった。このことを説明するために，ドッセーナの奇抜な本『汝，不敬な雌牛を私は憎む』（*T'odio empia vacca*）——カルドゥッチの名句「汝，敬虔な雄牛を私は愛す」（T'amo pio bove）の二律背反的な句——を取り上げるとしよう。カルドゥッチへの非礼な教育法で挑

発的に教えようとしていたのは，三つのことである（ドッセーナは二つと言っているが）。つまり，嘲笑と非スコラ化である。第三のことは——私見では——多様性への教育である。このテーマは文学的であるばかりではなくて，今日では極めてアクチュアルなものなのだ。なにしろ，現代人を築き上げる前に，心を形成する必要があるからだ。当初に言われていた，あの認識的な機能のことだ。実際，ドッセーナがその本の中でやっているのは，子守歌の記憶，常套句と化した詩句，遍歴書生の歌と化した賛美歌を掘り起こして，記号（記号論における）がいかに私有物であって，一方通行への，組織化された解釈を権威主義的にばらまくものではないということをわれわれに言おうとする，ただそれだけのことなのである。つまりは，治療法としての違反なのだ。

　1968年，フランスの五月革命，最盛期の落とし子たち，そして，銃弾の数年の開始，といった若者の反抗期に身を置いてみよう。ウーリポの正真正銘の反体制主義が幅を利かせ，傾聴されうるためにしても，これはあまりにも過激だ。

　イタリアで存在したのは，雑誌「イル・カフェ」のジャンバッティスタ・ヴィカーリ，それに（繰り返しになるが）アルバジーノ，フラティーニ，カヴァッレーリ，マッズッコ，ペドゥッラ，マレルバ，そして忘れ難いサヴェーリオ・ヴォッラーロ，アルド・パラッツェスキ，アントニオ・ピッツート，アウグスト・ファッシネーティ，コッラード・コスタ，シルヴァーノ・アンブロージだけだった。ところで，娯楽とはそもそも何なのか？　エコがロアーナを書き始めたときには，次のような成果を課されていた。ジョルジョ・デ・リエンツォ——「コッリエーレ・デッラ・セーラ」2004年9月5日号，33ページ——によると，エコの本は「ステレオタイプなイメージや，学識豊かな文言，カンツォーネや古い笑い話の常套句，物語やわらべ歌の断片，古新聞や漫画本であ

ふれた本……であって,要するに,無で一杯の本になっている。雑多そのものだが,平板な蓄積においてずさんだし,その書き方でもずさんだ。評点は〔10点満点で〕4」。

誰にも転ぶことはある。だが,小説風に言うと,エコは立って歩いたことがないのだ。彼はロマンチックな人物であって,知っているものを愛しており,そしてそれらのものを知れば,それらを愛するのである。実際,この循環論法は次のとおり,断言‐疑問の回文を含んでいるのだ——"Ama se le sa? Ma!〔彼はそれらを知れば愛するの? もちろん!〕——!aM? as el es amA"。実を言うと,彼はそれらを見せびらかすことができれば,愛するのである。でもこれはおそらく,自己言及的文学の最初のケースではあるまい。書物に面白い調子を刻むための笑い話に関しては,われわれイタリア人にあっては知らぬ人は誰もいないものでは,ジョナサン・クリメンツの『ジョークとなぞなぞ』(*Jokes and Riddles*)からネタを仕入れるだけでよかった。たとえば,象がバルの主人に,「ビール1杯ください」と言う。すると,バルの主人が象に,「かしこまりました。100ポンドです。すみません,一つ言わせてもらいますが,毎日1頭の象にサーヴィスしなくてはならないようなことはどうか起きないでもらいたいですな」。象がバルの主人に,「この値段では,それもそうだね……」(Armada book, London, 1974)。

しかし,われわれを脅かしているこの同時発生的な〔イタリアの〕世界の中に,ヤンボと言われている,ジャンバッティスタ・ボドーニなる者をわれわれがたしかに持っている以上,ピノキ(幼児のためのイラストレイター)と言われている,ヨハンネス・ゲンスフライシュ・グーテンベルク*なる者も存在していること

---

* (1398?-1468) 活版印刷術を発明した,ドイツの印刷業者。(訳注)

になる。

　　　　　　　　＊　　　＊　　　＊

　娯楽，遊びは，フリードリヒ・フレーベル＊も書いていたように，とりわけいかなる幼児も時間とともに"子供大人"になる以上，彼らの権利なのだ。遊ぶことはもちろん，一つの言語活動だし，おもちゃはそれの音素的用具を成す。おもちゃは遊びの記号，言葉なのだ。

　これらの記号に意味(シニフィエ)（剣となる木片）が付け加わると，その遊びはプロット，語り行程となるし，現実とは自律した（だが，それに平行した）構造となる。それというのも，現実への参照なしでは，いかなるフィクションも信じられないし，いかなる操作も不能だし，いかなるアクションも経験に（したがって，知識，記憶に）変形することはないであろうからだ。

　ところで，スタートにおいてすべてのことが知られているようなもの（どこから出発し，どこへ到達するのかを知っていて，ガイドする博物館の守衛みたいだ）の，この後退過程には，おそらく，既知の事実——屋根裏部屋のトランクの中のコレクション——が存在するのだろうが，この既知の事実が知られてはいない。なにしろ，ヤンボ-エコとこれらの品々との関係は，満たされた欲望の体験によってではなく，古物市場の利用により，積み上げられたり，ため込まれたりしたものだったからだ。ここには，感動，情動(パトス)が欠如している。エコ-ヤンボは知るのではなくて，再発見するのだ。思い出すのであって，よみがえるのではない。疑いもなく，ウンベルト・エコはこれらの品々に興味を持ち始めたときには大いに興じたのであり，今でもなおそうすることに興

　＊　（1782-1852）ドイツ・ロマン派の教育者。

トポリーノ&カンパニー。パラレルな現実の創案。これは1950年代の選集である

じているのだろう。だが，それらの品々は彼のガラスケースの中に納まっているだけである。

しかしながら，エコが頼っている品々は現実の隠喩になっているのではなくて，どこかよそのことを表わしているのである。それらは代替的な現実なのだ。それらには自律した生命があり，現実とのパラレルにおいてのみ認知できるのだが，しかし同定することはできはしない。リリパット＊ではなく，「抗体の侵入」なのだ。ロビンソン・クルーソウが文明のモデルをその文化的・記憶術的な行李の中に所有しているのではない。「ロボットの私」が所有しているのだ。発明することも，笑うことも，泣くこともできない，人間経験のパラダイムなのだ。しかもこれらの記号は世間から切り離された，無縁のものであるとはいえ，それでもこれと似ることができないというわけでもない。なにしろ，すでに見てきたように，われわれのまったく知らぬもの，それについての記号(しるし)を持っていないものを，われわれは想像することができないからだ。われわれはそれら記号(しるし)についてすでに知っていたことに何も付け足さないような記号使用しかできない。われわれは読者が驚くこと——読者が信じやすいこと——を期待して，読者にそれら記号(しるし)を示すことはできる。

でも，注意されたい。エコは定住者だし，すべての定住者たちと同様に，彼も異常な旅をすることはできる。なにしろ，彼のヴィジョンは現実によって条件づけられてはいないし，いかなるしがらみもないし，コード化されたマッピングに支配されてはいないからだ。言葉とともに，言葉の意味(シニフィエ)へ旅することは，いろいろの練習でももっとも魅力あることであるし，そればかりではない。この旅は軽快さも深さも持ち合わせているし，いつも遊びとアイ

＊　スウィフト作『ガリヴァー旅行記』の中の小人国。

芝居『オズの魔法使い』のポスター

ストップ／スポット　93

ロニーをも生み出すのである。

　ある言語学教授がアテレータ（Ateleta）という回文的な名称である——つまり，左から読んでも右から読んでも同じである——という理由で，イタリア中部アブルッツォ州の田舎でカセットを購入した。「どう動かしたらよいでしょうか？」と訊かれて，彼は答えた，「私には分からない。家の私のワイフに命じたまえ」。逆に，もっと有能な言語学教授たちは本を書いたのである。

　前節でもメモしたように，エコをも襲った，失われた記憶と時を求めて（ああ，マルセルよ！）の幻想的な旅の限界は，エコが自由に使用できる材料に支配されている。それだからこの場合，収集家エコが記号論学者エコを制圧しているわけだ。この結婚が乾イチジク〔無価値なもの〕でなされるというわけではないが，もちろんメニューは不足気味で反復的だ——「書物－書物－書物」，「紙－紙－紙」，「絵－絵－絵」というように。収集趣味的な集積は冗長な効果を生じさせる。そして，夥しい本のうちで不足しているのは，カレンダーだ。深刻この上ない不足である。だが，いったいどんな類いの家でヤンボは成長したのか？

＊　　　＊　　　＊

　現実を捉え直すという問題は，語り風に言うと，ある時点になって，切迫し，不可欠となってくる——作中人物ヤンボやすべての出来事に対して，ごく僅かな精神分裂症的な自覚を与える（したがってまた，作家ならやり方を心得ているように，病いではなくてでっち上げられた精神分裂症の話をする）ためにも。実際，終わりになって，トランクの中の「あれこれのこういうがらくた」のほぼ400ページの後で，とうとうエコはロアーナを捨てて，より紙ではない，より想像されてはいない，そしてきっぱりと，疑いもなく真実らしい対応物を探し求めねばならないことに気づい

ているのだ。「ロボットの私」が一つの隠喩である以上，それは『猿の惑星』で終わることはできない。どうしても，知らずに（か，知っていたのかも？），小学，中学時代のクラスメートを発見するであろう。金色の雲の中に，ほとんどロアーナみたいな，だがより人間味のある人物が，ほらあなたの前に，リラが現われている。彼女のことを話すとしよう。ただし，ここでも，これから見ていくように，エコはまさしくほかのあちら側に，まさしく宗教的・神秘的で，抜け目なくゆがめられた次元に遭遇しているのである。重要な教会の記念祭——ルルド，ピウス9世，聖母マリアの無原罪の宿りなるドグマ，ロレートでの法王とカトリック教徒たちとの集い，サンチャゴ・デ・コンポステーラへの行進，カンタベリー大聖堂へのフランス始発の街道——を祝う1年（ひょっとして，運命の神の計画ないし偶然だったのかも？）における，収集癖的な思いがけぬ性向を暴く本および作者にとって，それは悪いことではない。このことは最後に見ることにしよう。だがどうやら，カタルシス（浄化）の要求が消化不良で阻止されているらしい。

　ところで，このリラを彼は本当に愛しているのだろうか？　彼は多年にわたって彼女を忘れており，最後になって，彼女よりも屋根裏部屋のほうを好みながら，一種の文学的・語り的な機械仕掛けの神として彼女を利用している。（われわれに耳を傾けてくれる人のために言っておくと）精神分析学者なら，これは自己中心主義の一つの現われ，嫉妬や焼餅やきの類似物だ，と言うであろう。

　たしかに句 "Il solaio di Solara"〔ソラーラの屋根裏部屋〕は本当の意味，と言ってもアナグラム化した場合の話だが，"Sarò lì, odiosa Lila"〔憎らしいリラよ，私はそこに行くだろう〕を隠しているのだ。紙のモニュメントを打ちのめすには，マッ

1940年代のきざなママ。ジェジアの "続き漫画"

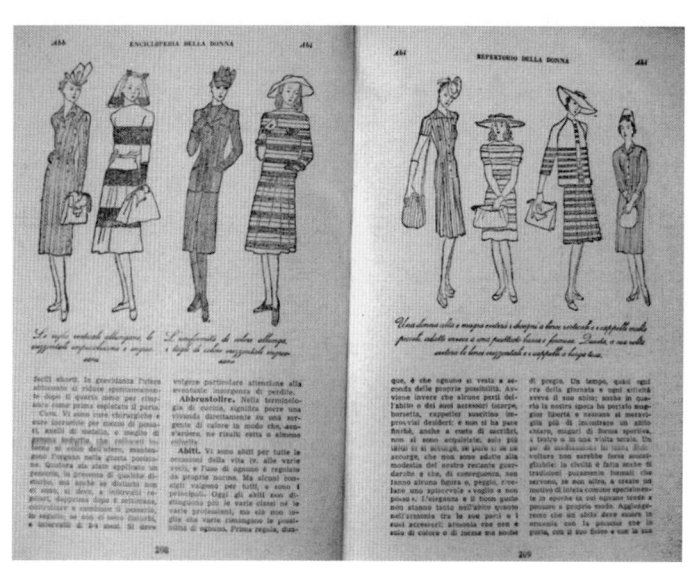

1940年代の少女たちの流行百科

チ1本で十分なのだが，擬似文化で凝り固まった焚き火にきちんと着火することはあるまい。書物を燃やす？　滅相もない。だが，紙くずを籠に投げ込むことなら可能だ。

　　　　　＊　　　＊　　　＊

　この本を通読すると，当惑させる結論に到達する。つまり，ウンベルト・エコ教授は収集家の責め苦を味わっているのだ。走者みたいに，この収集家は息せききって，絶えず，大好きな品物を探し求めて懸命に進むのだが，ある物を獲得するや否や，ほかの物が視界に現われてくるのだ。レースが再開することになる。だが，ゴールはその獲得熱の激しさに応じて遠去かるのである。

　なぜ彼はそんなことをするのか？　気まぐれ，快楽，好奇心，

教養，興味，退屈，投資，投機，自己顕示癖，商売，趣味，のせいなのだ。

だが，これらやその他の最良の理由も，それで何をするために？という質問への答えにはなっていない。行き着く先の最上の場合は，博物館だ。エコの紙のコレクションははたして博物館となりうるだろうか？　エコはこの質問を見越して，こう答えている——屋根裏部屋は私自身を再発見するのを助けてくれるのだ，と。言い換えると，記号論が生きる鍵なのだ。だが，250ページになると（ここまでたどり着くのは厄介なのだが），この作家が計画してもいなかった楽しみにぶつかる。第三段落で，エコはこう始めている——「ロアーナは或る時点で絵に登場するのであり，しかも彼女は魅力的でも不安を与えることがない。彼女は私が最近テレヴィジョンで視たことのある初期のヴァラエティ・ショーの或る種のパロディーを私に思い起こさせた」。エコはまさしくこう書いているのだ——"te-le-vi-sio-ne"と。彼のペンから，ルイージ・マレルバの不注意な論理（いわゆるロチカ〔locica〕）から，または，電話・冷蔵庫・自動車といった，日常の品々へ向けての機械的な服従からは，思わずこぼれ落ちることだろう。なにしろ，ヤンボ－エコは，テレヴィジョンの存在を認めている以上（どうして，そうでないことができようぞ？）リモコンのボタンをクリックするだけで，幼年時代ばかりか，1900年代全体をもざっと一瞥することができたであろう。プログラムは？「天体」，「当時の自動車」，「クォーク」，「ＴＶセット」，「風俗と社会」，「日曜がきた」，「ある朝」，「素晴らしい日曜日」，「隣り合って」，「エクスカリバー」，「異教徒」。さらに，「マウリツィオ・コスタンツォ・ショー」にまで及んでいる。衛星中継，スカイＴＶ，アメリカのケーブルによるＴＶで，テレヴィのごちそうが自由になるのだ。気が狂いそうだ。だが，とりわけ，テレショッピングのチャンネルを通じて。

パルマ大学によるイヴェントのためのポスター。同大学ではイタリア"漫画"の下書きやテクストが保管されている。高い価値を有する稀な資料収集の企画だ

先祖伝来の屋根裏部屋とは別だ。そして，既述したように，われわれにはインターネット，www.ebay.com. がある。

　昨日，今日の世界はテレショッピングでは永続しているが，文学フィクションはストーリー全体が月の上で展開するように決めることもできる。それでは，この本の文学的特性は？「無味乾燥だ！」だが，私的な（しかも不完全な）コレクションの単なるカタログが，はたして知識の総合，一時代の証明，そして文学的てらいに達することはできるのか？　ウンベルト・エコ教授はなぜそんなものを書いたのか？　確かなこと，それはジャンフランコ・ヴィッサーニにより料理された半熟卵のほうが，私の92歳のおばイルマの焼いた目玉焼きよりもおいしいということだ。信じてもらえば十分だ。だが，250ページの"ロチックな"（locico）娯楽はここで終わらない。ウンベルト・エコ教授は書いている──「ほかのコミックスでもすでに見てきたように，（……）極悪非道の男たちは，犯したり，強姦したり，彼らのハレムに監禁したり，あるいは彼らの欲望対象を肉体的に知ろうと欲したりはしなかった。彼らはいつも結婚しようと欲していた。アメリカ起源のプロテスタント的偽善か，それとも人口戦争に巻き込まれたカトリック政府によりイタリアの翻訳者たちに課された過度な羞恥心なのか？」主人公ファンフッラを擁するアングラ・ジョヴィネッリ劇場，キャバレーでは素晴らしいことではある。

　ここのヤンボは操り人形なのだ。もはや共産主義をなくした旧共産主義者の仮面なのだ。もはやキリスト教民主党員ではない反キリスト教民主党員，もはやファシズムをなくした反ファシスト党員なのだ。言われたり，伝えられたりすれば，ピザ屋で革命を説く用意がいつもできている，あの「夜の一杯」（ベルディノッティのこと──編集者注）にウィンクしている。こういうウィンクにはエコも気にかけずにいることができたのだ。でも，どうして──

ピノッキオ劇場。ローマ，おもちゃ博物館蔵

彼がかつて『白雪姫と7人の小人たち』も，『眠れる美女』も，『千夜一夜物語』も読んだことがないはずはあるまい。彼はすべての話がいつも「そして彼らは幸せに満ち足りて生きました」で終わっていたことをまさか知らないのだろうか？ ヘンリー8世だって，ほかの女性と結婚するためには彼女らを殺害しているのだ。

結婚式は物語でも実生活でも，おまけに漫画においても，女性——いつもただ立派な結婚だけに憧れている，現世の悪女でさえも——に敬意を表した物語を縁取るイヴェントなのである。

ウンベルト・エコ教授は無意識に反フェミニストとなっているのだろうか？ 結婚式は勝利の仕上げであり，まさしく美女を娶るために騎士のトーナメントは行われてきたのである。Umberto Eco というそれほどデリケートではない彼の名前も，そのことを

ストップ／スポット 101

語っている．実際，これをアナグラム化すると，"E bruto come?"〔どうして彼は狂暴なのか？〕にもなるのだ．つまり，反フェミニストほどに，狂暴なのだ．教授のロマンチックな記号論課程の女子学生たちなら，決して彼がそんな人だとは思いもしないであろうが．

　あえて言っておくと，ヤンボ-エコはＴＶを観たに違いないのだ．カタログを――われわれには文学を――省けたであろうに．ただし，こういう忠告は当方によるのではなく，別名テレヴィジョン，"人と化したＴＶ"たるピッポ・バウドから直接発せられたものなのだ．パオロ・コンティからインタヴューを受けて（「コッリエーレ・デッラ・セーラ」2004年8月2日号），バウドはこう明言していたのである――「エットーレ・ベルナベイの時代……は，孤独な指揮官でした．イタリアＴＶの実力者は悟ったのです，ＲＡＩがイタリアを読み書きできるようにしたり，新たな集団記憶を集めたりするのに大事なものだということ，そして，カトリック教徒たちはこういう責務を回避できないということを．ＲＡＩはわが国の文化の宝庫だったし，そうあり続けているし，しかも難事に勝利したのです」．

　エコ教授，お分かりですかな？　彼，ヤンボを，ありそうもない，欠陥だらけの屋根裏部屋はもちろんとして，ＴＶの前にも置くべきだったのだ．番組は「火夫ベルナベイのバウドの炎」である．そしてあえて言っておくと，教授はＲＡＩで働いたことがあるのだから，こんなことはみな承知しているのだ．まさしく，マイク・ボンジョルノの初期の時代の話なのだが．「何たる印象を残してくれたことか！」とアルベルト・ソルディなら言ったであろう．

　　　　　　　　＊　　　＊　　　＊

当時の印刷物における事実資料

　「すみませんが？」「どうぞ」。「エコさんに，勝者たちが結婚したがっていた，でも無理矢理城の中に出かけようとはしなかった，あの王女たちについて，ここで本当になされつつあるのは，少々"男性優位的な"話なのだということを思い出させてあげたいのです。私たちは誰だって？　私はジェーン，彼はターザンです。チータも抵抗しています。でも，とどのつまり，私たち少女も漫画は読んできたのです。周知の名前を一つ挙げれば，シャーリー・テンプルがいつも私に読んで聞かせてくれたのです。『仮面をつけた男』のダイアナになることをどれほどたくさんの少女たちが夢見てきたことでしょう。たしかにヤンボも男の子のひとりではあるのですが，漫画は何もただ彼のためだけに書かれていたわけではありません。ノンナ・パペーラから，クララベッラ，ミンニエ，オリヴィア，マファルダ，ルーシー，トルデッラ，ジェジーアに至る漫画は。私たち少女は漫画の中で，重要な地位を占めておりますし，私たち抜きでは，物語はこれほど長くは進まなかっ

ストップ／スポット　103

伊独協定の調印。チアーノ，ヒトラー，リッベントロープ

ラテラーノ条約（1929年）の調印

たでしょう。ですから，私たちは漫画の中に出てくるし，然るべき尊敬をきちんと払われているのです。まさにこのことが私どものはっきりと申したかったことなのです。ご拝聴を感謝します。チータ，さあいらっしゃい」。

*　　　*　　　*

「私はマファルダです，腹を立てています。でも，私だけではありません。私と一緒に，いつも黙って引っ越しをするために留まっているソル・パンプリオの妻までも，みんな付いてきています。でも，私はやはり至極親切な人間になれます。ですから，タイトル *La misteriosa fiamma della regina Loana* の下には，教授はご存知なくとも，甘い‐甘い私も存在しているのです。どうしてそうなったかというと，このタイトルは "La signorina Mafalda si è marmielata. Olé!"〔マファルダ嬢はジャムになった。それっ！〕にアナグラム化されるからです。」

*　　　*　　　*

Pue は *Misteriosa fiamma* の代替案があったのか？　屋根裏部屋のトランクに詰まった資料をすべて入手してから，自分自身を再発見するためにそれを公にしたことを後で小説の中で語ろうとしたのだから（実際，記号(複)とはわれわれの体験の行程たる歴史の体系的な物まねなのだ），彼はそれを別のやり方で用いることもできたであろうからだ。

実はこのことはすでに起きている。ここ西洋ではそのニュースは伝わらなかったが。それは，コンスタンティノープルの古物商の旧家の後継者トゥルコ（トルコ人）・エンベーオの話なのだ。92歳になっても，なお足も頭も元気なトルコ人エンベーオが，4世代——曾祖父・祖父・父親・彼自身——にわたり集められてき

たものをそっくり売却する決心をした。英国の最初の蒸気鉄道線路の品々から，マンハッタンのツイン・タワー倒壊のテレヴィ映像に至るまで。一家の倉庫の中には，1世紀半の西洋史が蓄積されていたのだ。彼は売却を決意して，売却してしまっていたのである。

　今，彼の名義で山なすお金が保管されている銀行から数歩の所にある，ルガーノ・ホテルに滞在していたのだが，あのすべての商品から解放されたと感じる代わりに，それが絶え間なく脳裡に去来するのが見えたのである。物は存在しなかったのだが，彼の頭の中にその物の記憶は存在していたのだった。彼は記憶をすべて消去し，それをゼロにし，寝ても起きても彼につきまとっているイメージの往来をなくそうと欲していた。目を閉じたときはもっとひどかった。1世紀を経た品物が整頓されたカタログの中でかつてないほど生き生きと浮かんでいたからだ。

　ある朝，ガルダ湖の前で，記憶もろとも溺れさせ終わらせるために身投げしようと考えていると，ひとりの紳士が彼の傍にやってきて座り，1冊の本を開き，読み始めた。

　トルコ人エンベーオはタイトルをじろじろと観察して読んだ——さるウンベルト・エコの『女王ロアーナの謎の炎』，と。トゥルコ・エンベーオはあっと驚いた。突如，商人としての彼の抜け目ない心がこの名前，"Umberto Eco" を "Turco Embéo" に作り直したからだ。ウンベルト・エコは彼の家族の商店のみならず，彼の名前のまさしくアナグラムだったのだ。この本を買い入れるために駆けつけ，3日間読書に没頭し，彼の心を占めていた商売全体についてのイメージからとうとう解放されることができた。だが，本を閉じるや否や，渦巻きが再開した。この紳士は私と同じ問題を抱えていたに違いないし，これから解放されるために，彼はこういう類いのレパートリーを書き記したのだ。でも，

ストップ／スポット　107

それがはたして機能したとは私には思われない。

　トルコ人エンベーオがこう考えていたとき，あるアイデアが退いたかと思うと，一つの対象から他の対象へと突き始めた。私もエコ氏同様に，ロアーナと過ごすとしたら，時代に従ってすべてを最大限秩序づけるであろう。だが，それらを私の頭から追い出すことはできるだろうか？　私がこのヤンボのようにしたら，最後にこの無効から生まれ変わる代わりに，この整理の犠牲者となるのを見たいとでも？　考えに考えていて，徐々に推理していると，私は一つの前提条件を定めることに成功した。品物はそれらの時代のものであり，私はここから，逆戻りはできはしないし，もしそんなことをしたら，私自身でこれらを移動させねばならないし，私はこの移動を説明するための物語をでっち上げねばならないのだ，と。ヤンボのように，私は見つかると分かっているものを探す振りをしなければならないし，こうすることにより，私は以前よりも満ち足りた頭で逆戻りするために，満ち足りた頭で動き回ることだろう。いや，そんなふうに運ぶことはあり得ない。私は品物と同時代の語り条件を見つけ出さねばならない。こうして，トルコ人エンベーオは日記のペーパーを付した，書簡集を書き始めた。曾祖母ローザから始めて，トゥルコ・エンベーオは自分の時代，かつての生活，仕事，旅行，購入品やコレクション，それから，彼の祖母，母，祖父，父について物語った。どの手紙，日記のどのページも，いろいろの品物であふれていた。それらは空へと舞い上がる，色風船の軽さで，トゥルコ・エンベーオの頭から出発して，舞い戻ってきた場所にきちんと幸いにも並べられていた。

　とうとう，彼は1世紀以上に及ぶ家族のトルコでの生活の物語で，2000ページ以上を書いていた。これにひどく満足して，頭から邪魔物を一掃した感じがしたために，彼は1枚紙を取り上げて，

スペイン市民戦争。企業家アメルはロザリオの数珠を隠そうとしていて、銃殺される

ストップ／スポット 109

ロシア。バクーで銃殺される鉱員たち

手紙を書いたのだった。

　出だしはこうだった。「拝啓　ウンベルト・エコ殿。私トゥルコ・エンベーオはあなたのアナグラムでして，私はあなたと同じ問題を抱えてきました。ですから，信用して申し上げますと，ロアーナの炎に関するあなたの本はおそらく，あなたの頭痛を解消しなかったことでしょう。どうしてかお分かりですか？　それはあなたの本の中であなたが列挙されている品物全部が，本来置かれるべきところに配列されてはいないからです。語りの脈絡から切り離されており，間違った城の中の亡霊みたいなものです。それらを然るべき額縁に戻し，それらを苦しめないようにし，あなたをももう苦しめないためには，ウンベルト・エコ殿，あなたは私がやったように，なさるべきなのです……」。

　　　　　　　　＊　　　＊　　　＊

　エコの本をめぐって計画された異常な仮説の信用を高めるために，さまざまな協力関係が用意されてきた。教授はそれのあり余るほどの金言や，気の利いたホビット＊を持っている。まるで，球軸受けを備えた手押し車を（ただひとり）持っていた，私の幼年期の友人みたいだ――お追従を言うか，黙って眺めていろ，というわけだ。いわゆる"寝台車"シンドロームだ。エコの特等車の中には，何でも揃っている。満足の拍手を送るべし。

　自分自身をアナグラム化したなら，びっくり仰天して腑抜けになってしまうだろうことも知らずに，サーヴィスのアナグラムをいじくって本のタイトルに賛辞を送ったステーファノ・バルテッザーギ（Stefano Bartezzaghi）のせいで，われわれはいささか不快だ。実際，彼の名をかき混ぜると，"E gran bizze sfatto

---

＊　トールキンの作品に登場する架空の小人。（訳注）

ストップ／スポット　111

ha"〔そして彼は大きなむかっ腹を壊した〕と読めるのだ。がまんされたい。小説としては退屈かつしまりがない——なにしろ，(323ページにおける差し込み「風が吹いている」を除き) 語るべき話が何も存在しない。屋根裏部屋にあるものの目録はさておく——としても，この本は，本のギフト商品カタログとして，資料としては，少なくとも有効ではあるまいか？　不足しているのは暦だけではない，今日では飛び出し絵本（pop-up-book）の名称で知られている，それも欠けているのである。オエプリ，フランチェスキーニ，地中海社の三次元本。豪奢なブルジョア出版社だ。その祖父はおそらくルガーノの彼方に旅したのであろうし，きっと，バイエルンのエスリンゲンで印刷された，シュリベル社の本や，ロタール・モッゲンドルファーの本，要するに，円形競技場・公園・街道が付いている本を持っていたに違いない。ところが，哀れヤンボは幼かったものだから，彼はこんなものはあまり欲しくなかったのである。

　だから，エコは成人したとき，失われたとき（遊び）を取り戻すのだ。ウンベルト・エコ殿，あなたはそれを受け入れても何ら悪いことはなかったのです。あなたは苦しんだし，あなたは不幸な幼年期——ただ記号論と書き物，書き物と記号論だけの——を送られた。地下のワイン貯蔵庫にひょっとしてあったのは（頼むから，白状して欲しい）犯罪の死体，暗殺者の短剣ではなかったのか？　誰を殺したのですか？　もちろん，幼年期と青春期をファシズム，戦争，解放，戦後の間を生きた後では，そこから人間が出現するのはもう一つの奇跡ではある。

　だから，待ち望んだこういう補償の証し——再生と代償のしるし——は可視性を必要とする。友人たちのためのカタログ，展示会，写真展（自署の献辞入り。"エコロジー的な"絵はがき，1枚2ユーロ）をすることだってできたろう。学校に配給するため

ウクライナの飢饉。ボルシェヴィキが群衆に発砲している

ストップ／スポット　113

合衆国のゼニス。最初の目覚まし機能つきラジオ

ウォルト・ディズニーの3人のカバレーロたち

に。これを「エコ教育」と呼ぶことにしよう。ところがあなたは本を作ったのだ。

インターネット，コンピューター，フロッピーに収められた潜在的な知の全体が行うのはおそらく製紙用水槽に運命づけられている対象——書物——に向けての感謝，忠誠の行為であろう。逆に，あなたは過去，伝統，重い書物という物体へ忠誠を保った。反進歩主義者という意味ではいわば，右翼の行動みたいだ。コンピューター打倒，というわけだ。

われわれとしては，この謎に包まれた祖父エコ-ポドーニを話題にしよう。どうしても，第一次世界大戦を行ったはずだし，(彼に拍手したくはないが) ファシズムの誕生や，当時を刻印したすべてのエピソードを目撃したはずだ。たとえば，「コッリエーレ日曜版」(1935年12月8日号)——「祖国にとっての黄金」。「ジョルナーレ・ディ・イタリア」(1933年5月2日, 第7版)——「伊・米会談の終焉／ルーズヴェルトのムッソリーニ宛メッセージ」。そして，第1ページの肩としては，「イタリア一周。レアルコ・グエッラがピサにてビンダに勝利」。下段では，「アキッレ・ヴァルツィがトリポリにてタツィオ・ヌヴォラーリの一行に勝利」。「トリブーナ・イルストラータ」(1929年2月17日号)——「ラテラーノ条約の調印」。さらに「日曜版トリブーナ」(1937年6月20日号)のイラスト入りページには，ヴィットーリオ・ピザーニの絵が載っている。キャプションはこうなっている——「明確な招待に応じて，ソ連の多数の要人(軍事アカデミー所長兼モスクワ軍域指揮官エイデマン将軍，ヴォルツ将軍，人民委員会副委員長，軽工業副委員，外務ケスティンスキー元副委員長，その他の重要官僚たち)がクレムリンのスターリン内閣に集合していた。だがここで，全員が突如，武装警官隊によって逮捕された。その後，赤い独裁者は黙って広間を横切るだけだった」。「コッリエーレ日曜版」

ラジオ・テレフンケンと童話レコード

(1939年5月28日号)——チアーノが片側,ヒトラーが中央,フォン・リッベントロープがその傍に居る。ベルトラーメの描いている場面は,この時代の出来事——伊独協定の調印——である。(ヒトラーは同年,スターリンとも一緒に,リッベントロープ-ロロトフ協定に調印した)。これらや,その他のエピソードがプロパカンダやデマゴーグに混じって,当時の大衆紙(それほど多くはないが)に載ったものである。もちろん,それらは少なくとも1週間は中産階級の応接間に出回っていた。コメントしたり,批判したり,知ったり,疑ったりするために。屋根裏部屋にはそんなものは皆無である。エコの収集したもの,たしかにそうだ。ただし,それらはその時代を語ってはいないのだ。もちろん,屋根裏部屋は隠喩であり,そこは頭の外に移動させられた記憶の場なのだ。だから,エコ-ヤンボは自信をもって目標に向かっている。だが,そこは記憶の探究者というよりも,料理人のための,"掲示前の"屋根裏部屋なのだ——「これとそれを置こう。そうすれば後できっと再発見するだろう」。スーパーマーケット用ショッピング・バッグだ。要するに,隠喩としては,これはフィクションではないが,発見物としては,これは架空のものなのだ。小説の作中人物は偽の論理-語り構造に依存できるのか? われわれは165ページのラジオに到達する。

　二つの文字盤付きの合成樹脂(ベークライト)の最初の目覚まし機能つきラジオ"ゼニス"(ラジオプラス時計)——両側が丸くなっている——があったに違いない。ところが,エコ-ヤンボは何を見つけるのか?「それは素晴らしいテレフンケンだった」。あり得ない話だ。当時イタリアの家々にあったのは,「バリッラ・ラジオ」か,「主人の声」か,ひょっとして,「ジェローゾ」,もう少し後になると,「ラジオマレッリ」だったのだ。この商店はミラノのカッレリーアにあった。「テレフンケン」,「ジーメンス」がやってきたのは

ストップ／スポット 117

ミラノのラジオマネッリ商店の広告

1940年代の幼児用"78回転"レコードアルバム

後のことなのだ。なによりもイタリア製品が優遇されねばならなかったからだ。78回転のレコードが話題になるのもそのせいである。テレフンケンはレコードプレーヤーを内蔵していた。当時の音楽を聴くことができたし,「ロック・ミュージックの波」(166ページ)を避けることができたはずなのだ。合衆国とファシスト・イタリアとの関係は良好だったから(1933年の「ジョルナーレ・ディ・イタリア」参照),ブロードウェイやハーレム(コトン・クラブ)の音楽はイタリアに容易に届いていたのだ。映画,トポリーノ(ミッキー・マウス)も然りである。

　ここイタリアでも,南北通り(アヴェニュー)1629番地のブロードウェイの名士に属する,興行主や音楽家,アレックス・クレーマーやレオ・ファイストが登場しても当然だったであろう。あるいは,ニューヨーク,第7アヴェニュー799番地のアーヴィング・バーリンのもろもろの作品(『ホワイト・クリスマス』,フレッド・アステアとジンジャー

・ロジャーズによる作曲。Walter Mauro, *Il musical americano*, Newton Compton, 1997 参照), それに, キーズ・ミュージック, ロビンズ・ミュージック, シャピロ・バーンスタイン, パラマウント映画製作会社, 等々だって。

　ブロードウェイの劇場用のこれらすべての作品は, 昨年ピッポ・バウドが番組「20世紀」(*Novecento*) において思い出させてくれたものである。何しろ, アレックス・クレーマーに敬意を表してつけた芸名を名乗っており, ローマのシスティーナ礼拝堂のイタリア・ミュージックホールの大黒柱のひとりでもあった巨匠ゴルニ・クレーマー (バ・バ・バチャーミピッチーナ……) は, ソフト・ジャズ様式の最大の代弁者・普及者のひとりだったし, 後にはサン・レモのフェスティヴァルにまで出世したのだからだ。ジャズ・ピアニストのロマーノ・ムッソリーリはポジッリポよりもむしろハーレムに負うところが大きい。ちなみに, 今は亡き音楽家ピエロ・ピッチョーニも, ブロードウェイのミュージック・ホールに負うているのであって, そのことは, ソルディの映画音楽のことを考えるだけで十分だ――『星くずのちり』,『ロンドンの煙』はピエロ・ピッチョーニの楽曲に基づいているのだ。レンツォ・アルボレやリーノ・バンフィでさえ番組「万事の後で」の中で, この時代のことを回復していたのである。

　実をいうと, テレヴィジョンが最初に入ってきて, たった1時間で一つの時代全体を物語ってくれるとき, これらのすべてに書物の中の"ある反響"を与えようと意図する人にとっては, それは困難なことだ。われらがヤンボはかの屋根裏部屋の中で「トリブーナ・イルストラータ」(1930年8月10日号。ビザーニの絵入り) の告げる興味深いエピソードを見つけることができたのではあるまいか？　音楽家たちが殴り合っている有様が。この乱闘はキャプションの中でこう語られている――「ジプシーたちの伝統的な

音楽は違うが，殴打は同じ

オーケストラと現代ジャズバンドとの間での御し難い敵意がブタペストにおいて現われた。大きなカフェーに出演契約を結び、ジャズ・グループとジプシーのひとりが、交代ですべてのスタイルを満足させることにした。ところが、実演の途中でライヴァル心が爆発し、近代式と旧式の演奏者たちとが互いに騒々しく奏でたのである」。もちろん、黒い顔、フィオリン、フィオレッロ、戦さのイラクサ……が存在しており、たぶん、自由の風によって吹き飛ばされたファシズム末期を暗示していたとされる、「風よ、風よ、一緒に私を連れてって」を歌った者は逃亡していたであろう。

　151ページでは、エコ-ヤンボは英国の雑誌「ストランド・マガジーン」（*Strand Magazine*）を引用している。だが、飾りピンとボルトによる有名な組み立て遊びを創造していたリヴァプールのメッカーノ社の「メッカーノ・マガジーン」（*Meccano Magazine*）は引用していない。

　それから、ストランドが植民地時代のアングロサクソンの中産階級の集結地に典型的な、ロンドンのかの有名な（オスマン以前の）広小路の名称だと説明することだって、思い出すことができはしまいか？　それを説明するのは大事だ。なにしろ、ロンドンの庶民的なものはヨーロッパの上流ブルジョア――イタリアの、とりわけ、ピエモンテ-ロンバルディーアのそれも――のモデルだったからだ。当時のマリオ・カメリーニやアレッサンドロ・ブラセッティの映画を眺めるだけでよい。とてもイタリアとは思われない。空の下に下水道があり、イタリア南部の地方の街路の真ん中を流れていたのである。

　この"小説"は文学的なものはごく少なく、時代の復活をかなり誇示しようとしているし、しかも或るメリットを持っている（「やれやれ」とエコ教授は言うだろう、「今やっと一服だ……」）。つまり、発見を望んでいるのだ。以前はもっぱら"言葉"だけが

支配していたところに，"絵"を導入している。そして，こういう記号論的な拡大はウンベルト・エコの心に浮かばざるを得なかったのだ。それは素晴らしい直観・語り的発見だった（絵の挿入にうまく機能していた）し，とにかく，われわれがこれまで話題にしてきた，フラッシュ・バック，屋根裏部屋，トランク，象徴的なすべての道具類にたどり着けるためには，不可欠な方策だったのである。残念ながら，アソル・ローザからマッテオ・コッルーラに至るまで——この作品に対しての書評家たちの若干名を挙げただけだが——，批評家の誰ひとりとして，エコ夫人なら言うであろうところの，言語の精髄に，つまり，テクストとイメージとをエコの導入した操作の中で結びつけている，必然性と内在性に，分け入りはしなかったのである。

実際，これは「挿し絵入り本ないし小説」なのではなくて，「資料付き物語」なのだ。テレヴィジョンだって，たとえば，ピエロ・アンジェラに奉仕したり，あるいは「歴史はわれわれだ」とか「20世紀」といった見本に基づいて行っている以上，われわれにイメージとテクストを提供している。ひょっとして，エコはこの本でもって，ＴＶに挑戦しようとでも意図したのだろうか？

それから，『炎』の中には無用な気取りが現われている。たとえば，142ページではこう読める——「泉があり，水が一滴ずつブクブク音を立てていた」。蛇口は壊れていたし，水が「ぽたぽた落ちていた」以上，擬音をひねり出す理由は？　すでにあったのだ。きっとエコは純真な人なのだ。

ある人（ひょっとしてエコかも）なら言うだろう——われわれは結局，われわれの屋根裏部屋を彼のそれと比べようとしたのだ，と。逆にわれわれとしては，歴史的 - 記憶術的な認識作業が，全体を包含しようという要求をもってプライヴェートな部分を表わすことに成功したのだということを立証しようと欲しているのだ。

ストップ／スポット

だが，屋根裏部屋の排他性は支持できないのに対して，一世代に共通の屋根裏部屋は受け入れられうる。それでも，すべてはすでに出来上がっていたのだ。ニュートン・カヴェンディッシュ・ブックス（マニアのために記すと 3 Denbigh Road, London, W11 25J）は数年来，あらゆる種類の記念品的な本——然るべき歴史的・図説的キャプションが付いている——を刊行している。ヤンボ-ボドーニの屋根裏部屋をわれわれの周囲に建ててみるのも，一興だろう。

＊　　　＊　　　＊

「こんにちは，私はおじのアレックス・クレーマーです。ここにはガーシュウィン，ロビンズ，アーヴィング・バーリンやミュージック・ホールのほかの全員もおります。歌劇関係者は別の側にいます。彼らは少なくとも70の部品が必要なのです。でも，私たちはピアノ，ベース，クラリーノでもって，フォックストロット（ダンス）からスイング・ジャズまでやってのけるのです。

イタリア人もおり，そのうちのひとりはチニコ・アンジェリーニでして，彼はグレン・ミラーに会うたびに，地面にまで身を屈め，抱擁さえしたいところでしょう。でも，私たちは霊魂なのです。奇妙なことながら，歌詞の目録だけで（ソロモンのそれや，最悪なことに，T・S・エリオットのそれ……は欠如していますが）一時期の歌を再喚起している本は，一つの矛盾ですし，知らせない一つの主張なのです。私ならたぶん当時の解説者——ラバリアーティ，ナタリーノ・オット，ビング・クロスビー，等——と一緒に「本＋レコード」を作るように勧めたでしょう。でも，私見では，テレヴィジョンについては，あなたの作っているプログラムは知っていても，私が素人であるにせよ，音楽抜きで言葉を送りだすのは，『告白番組』という退廃的現象の一つなのです。

私たちはそれらをここではそう呼んでいます。ある人が二度と口に出せない下劣な言葉を言い出して、考えていることをすべてTVでみんなにしゃべっている番組をご存知でしょう。誰かがそんなことを市場で繰り返すとしたら、彼を名誉毀損で告発することでしょう……。彼らは適切な言葉がないので、いわゆる『少し下らぬこと』を話そうと思うときも、歌の言葉で話すからです。そう、あなたたちはそれを『他人のプライヴァシーのぞき』と呼んでいますが、そんなことはTVの中でだけ言ってください。

要するに、音楽については、親愛なるヤンボよ、あなたは私のすべてのスコアも、ブロードウェイのポスターも、アーヴィングとフレッドの、私の78回転レコード数枚も所持しているのですから、どうしてあなたが書いているこの試論みたいなものにそれらを添付なさらないのです？ 高価過ぎる？ それじゃせめて、カヴァーを幾枚かでも。そういうものはひどく時代遅れですが、ひどくユニークです。ただし、寛大になる必要はありますがね」。

*　　*　　*

アイルランドの大文芸批評家 "O. Oe' Mc'-Brut"（どうやらエコは彼のアナグラムで悩まされているようだ）はすでに『資料と総合』のリチャードよりずっと以前に、覚え書物語の理論の概略を描述していた。「われわれが或る物語を書くときには、三つの基本要素——場所・事実・対象——を利用する。これらなしでは、作中人物は動けない。動くときには、これら三要素は適合している必要があり、読者には物語内容を正当化する構造的方策のように見えてはいけない。被造物に生命を与えるための要素を小説がすべて利用するからこそ、科学者-作家は人間とかフランケンシュタインを作り出すことができるのである。前者〔人間〕は調和した総合となろうが、後者〔フランケンシュタイン〕は融合

されざる素材の寄せ集めとなろう」。

*　　*　　*

だが，このアンソロジー‐カタログ‐小説‐コレクションは理論上，決して終わり得ないはずなのに，どのようにして閉じているか？　こんな具合にだ──「ところで，あのロビーの一日のように，私はとうとうリラに会うことになる。彼女は太陽のように愛らしく，月のように白く，……黒い上っ張り(スモック)を着て恥じらいながら抜け目なく降りてくるだろう」(444ページ)。リラ？　聖書の百合(リラ)のようだ。「御身は太陽のように愛らしい／月よりも白い／そして美しい星々とても／御身ほどには美しくはない」。ただし，これは私の祖母ローザが聖母マリアの月（5月）の儀式の折にトゥオーロの教区教会で歌っていた聖母賛歌である。長音階のドの観点からは，「ドド，シ，ラ，ソル，ラーラ」となる。「リラ，きみはどんな太陽なの？」どうして，ヴィスパ・テレサではないのか？　からかうため？　『ろば』に関してだって，それほどまでやったことはないのに。

何たる混乱ぶりか，哀れなヤンボよ。きっと彼は自分自身をまだ再発見してはいないのだろう。われわれは彼を助けるために，20世紀おもちゃ教育歴史博物館──「愉快な記憶」──を訪ねるよう招待しなければなるまい。ヤンボ‐エコよ，われわれ一同はお待ちしております。でもまず初めに，ワルター・マウロの『ジャズと暗黒世界』を読んでおいてくれたまえ。

だが，このノスタルジーと記憶の本は聖母賛歌で終わっているのだ。この理由からしても，ユダヤ人だったマルセル・プルーストはまったく関係がないことになる。

*　　*　　*

322ページに達したところだ。ここで，作者は突然停止している。トランクは満杯だし，屋根裏部屋は射し込んでくる光で照らされている。「エコ－講義者」は「エコ－収集家」によって手を取られたままであり，長年もずっと金をかけて探究してきた立派な数々の資料をカタログから除外する気にはとてもならないでいる。

　漫画から採られていないような筋を有する話なら何でもどこに集めるべきか分からないものだから，処女作に取り組んだすべての作家たちはなじみのテーマ——自分自身の物語，教養小説でカムフラージュした自伝（『若きホルデン』，『学士』，『黒羊たち』，『ヴァカンス』，『翼のある豚たち』，『悲しみよ，こんにちは』……）——に訴えている。文学は，最後の作品として残されたままの処女作で充満している。これらの作品は，みな同じように奇抜な出来事を一人称で語っている。奇抜といっても，それはみんなに振りかかることが一度にひとりに振りかかるからだけなのであり，しかも当人は初めて或ることをするものと信じているのである。以下のような100ページのリヴァイヴァル本を2004年にかつて刊行した出版社はなかったであろう——オラトリオ会，ユダヤ人，ファシズム，サローの人びとと山の人びと，正しい質問（神，人生，被造物，善悪，天使）に誤った答えをした対話者とのインタヴュー。まさしく，世界が世界となって以来，起きているのと同じである。

　50年遅れのネオリアリズム（文学はなんとまあ，過ぎ去っていくことか！）のやり直しを避けるため，エコはいつもの悲劇をまるで喜劇ででもあるかのように物語っている。

　彼は無邪気な合理性と偽りの幼児性とをもって，周知の数々の矛盾を整列させる術を心得ており（神はわれわれの不幸を見通していて，われわれにそれをやらせているのか？　では，自由意志は？　われわれは人間なのか，それともいばり屋なのか？）そし

1940年代のブロードウェイのミュージック・ホール

て幼児のような結論を下している。ソクラテスからシャンフォール*、セネカからプロティノスに至るまで、決定的なやり方では誰も与える術を知らなかった答えを彼に与えることができず、また、イエスにこだわらないものだから（エコよ、イエスの偉大なことは認めたまえ）、彼はとどのつまり、たくさんの（どれほどの？）年齢に達すればうまくゆくだろう、と主張しているのだ。彼が100歳になったのを祝って（「おかげさまで」、「どういたしまして」）の質問はこうなろう――「風が吹いている」と題する差し込みページの語り的価値をエコがたいそう疑っている以上、どうして彼はこれほどカタログを想起させるこの小説の中に、それを差し込むことができたのだろうか？　彼のずる賢さは以下のとおりだ――「私はそれを、若きホルデン、またはヤンボ、またはエコ、または Pue の、教養課程を補完するのに必要な章として差し込んでいるのだ」。リラへの渇望や、聖母賛歌――「御身は美しい」――も欠けてはいない。このことを再言するわけは、それが、1冊19ユーロのこのすべての面倒の鍵になっているからだ。

　だが、この模擬神秘的なフィナーレのうちにはっきりと現われるのは、不実なロアーナの復讐である。この復讐は Pue‐ヤンボが知らず知らずのうちに自らの手で立案してきたものなのだ。実際、ヤンボ‐エコは或る漫画の中では一度「星々を再見する」ために出てきた、失礼！　「霧から出てきた」……こともあり得たのである。第三の道が見失われているこの暗い森（ただし、ヤンボはむしろ熟年に達しているのだが、罪を犯す時間は、理性を取り戻す時間同様に、いつも存在するのだ）には、ダンテの記号体系が酷似している。

---

*　ニコラ゠セバスチャン・ロシュ・シャンフォール（1740-1794）フランスのモラリスト。（訳注）

1930–40年代のブロードウェイのアレックス・クレーマーの人形芝居

　現実への余儀ない回帰——さもなくば，この本はカタログとしてさえ無意味となろう——（いかなる厚かましい記号論分析でもどうしてもそれにたどり着く）がリラなる人物のうちに具現していることは，われわれも見てきたところだし，作者もこのことをわれわれに信じさせたところである。彼本人も，霧の中に彼の理性を見て取るものと信じていたところである。だが，またしても幻想なのだ，漫画は。なにしろ，歌は適切ではなく，脈絡外れし，無理やり作動させられた，内密の解釈の所産なのだからだ。ルーズヴェルトのムッソリーニに関する称賛演説を取り上げて，アメリカ人はファシストだと結論するのに等しい。パレスティナ人を擁護しながら，ユダヤ人排斥者と争うようなものだ。要するに，一部の適性を全体のアクセサリーにしているのだ。エコもそ

のことを承知している——385ページでそう言っている——ように，「きみは太陽のように愛らしい」は聖母賛歌なのであり，彼——清新体派詩人——は罪人としてそれをチェロ・ダルカモの詩句に移している。つまり，「この上ない芳香を放つ，みずみずしいバラよ，真夏に突然生まれるきみよ，乙女たちはきみにあこがれる」……そして，タンゴは放ったらかしなのだ。

記号論学者は，自分のものではないような真理の債務者になることを欲しなかった。だから，欺瞞的な言語学を実行したり，シニフィエとシニフィアンを取り替えたりすことにより，彼は或る"秘儀"にとらわれないために，それを漫画に帰することができると信じたのだ。冗長な記号論的な知全体にもかかわらず，ここでは記号がかつてないくらいに混乱しているし，しかもこの本全体の鍵は未だ見つからない。リラ，清新体の少女，モナ・リザ，寓話の妖精，お母さん。うーん！　もう1冊必要なのではなかろうか？

リラを見つけるものと信じながら，逆に聖母に救いを求めていて，女王ロアーナの罠に陥り，その炎に焼かれ，大いに興じる。まるで，フランス文学にあるものを知らぬ人びとみたいだ。競売人たちではあっても，鑑定家たちではない。

*　　　*　　　*

明らかになってくるのは，左翼の尊大なイデオロギーの遺物とともに，Pue のこの本が追求している意図である。イデオロギーと言っても，必要な調整や修復のせいで服従せざるを得ない，余儀ない修正論によってごたごたと覆されているのだが（諸賢よ，2005年1月の左翼民主党大会の結果を参照されたい）。抵抗運動への賛美の意図（モニュメントにモニュメントを作る〔屋上屋を架す〕に等しい——まるで，ひとりだけが的を外したかのようだ

――)にもかかわらず,革命的な社会階級がブルジョア社会階級に勝利したことはない。後者はいつでもあらゆる体制から生き残っているし,政治家たちはこの階級を不明瞭な名称で特定しているが,彼らはいつでも何とかして征服したいものと熱望しているのである。この中流階級,人類学的な意味での中心,現状支持者たちを。政治家たちが考えていたのは,階級間の同等性の認可が,文化――映画および政治参加の文学のそれ(この文学は同じことについて同じやり方でみんなが一緒に考えることを教えざるを得なかった)――でもって実現されうるかも知れない,ということだった。だが,カルロ・サリナーリ,アントネッロ・トロンバドーリ,マリオ・アリカータ,レナート・グットゥーゾ,チェーザレ・パヴェーゼ,カルロ・リッザーニ,さらには『ミクロメガ』やエウジェニオ・スカルファリの「レプッブリカ」の武装家族に至るまで,彼らの努力があったにもかかわらず,この計画は哀れにも失敗に帰して,映画・文学は路傍に放置され,下ねた話やソープ・オペラに道を切り開くことになる。

　だが,ここに新しい戦略が現われてくる。つまり,万人にすべてを,という総体的消費万能主義,実力以上の所有権,を通しての社会的平等の達成である。

　したがってまた,革命に失敗し,市場組織に適合した左翼は,生き残りをかけて自己変革に努めることにより,新しい闘争形態を考え出すのだ。不動産の不法占拠,スーパーマーケットでの略奪,公金による社会的センターの制度化の試み,である。なにしろ,生存の自由は所有権にあるからだ。それだから,ヤンボ-エコの現実は,今日の黒人少年少女のジロトンド遊戯に集まっている民衆とか,昨日のベルリングエール*の集会の群衆とかが憧れ

---

　*　エンリーコ(1922‑1984)　イタリア共産党書記長。(訳注)

るような期待なのだ。過度の消費がこうして，一つの価値と化し，それの制限はファシスト的な印と化するわけだ。こういう文化的自主独立のせいでわれわれイタリア人はヨーロッパの国境へ追いやられるのである。

＊　　＊　　＊

「半ば絵入りの——えーっと——このエッセイの著者殿，中断させてご免なさい。なにせ私がこの本の主題になっているものですから。貴殿なら言われるでしょうが，私の"大物教授"というようなそれは，私としては取り柄のある称号にするつもりはありません。私の小説の3億8500万名の読者の数は多くの人びとを羨ましがらせるでしょうが，貴殿にはそんなことがないことも，私は承知しています。貴殿はこういうくだらなぬものより優れておいでです。貴殿のすべての主張は一つの記号に関するものです——目録，カタログ，冗語法，"非プロット"，素材の限定，といったように。貴殿は考古学者をなさったことがないのでは？　見つかるものを得られれば，僅かのことから一つの世界が構築されるものなのです。それに，フィクションは所詮フィクションです。そうじゃありませんか？　冗談を論ずることはできますが，この冗談について現実が私たちに供してくれる要素を論じることはできません。クレオパトラがあの鼻をしていたからこそ，アントニウスや，おそらくシェイクスピアをも喜ばせてきたのでしょう。

書物だけで？　でも，書物の内には一つの思想——ひょっとして異論の余地があるかも知れませんが，それでも明白な思想——があるのです。品物の内にはありません。品物の思想はその品物を所有する人によって導入されたものなのです。でも，エリザベス・テイラーのダイヤモンドは，なぜか他のいかなるダイヤモンドより値打ちがあるのでしょう？　同じでは？　フィクションか

現実かなのでは？　書物ではフィクションが現実を構成していることを貴殿は知るべきでしょう。そういうものなのです。貴殿には小説はお好きですか？　落ち着いてください。しかもこれじゃ，すべてアナグラム化ですよ。貴殿は"アナグラム化"（anagrammare）をアナグラム化することを試したことは？　"Ma amar negar"〔でも，否定を愛せよ〕というのが，一つの立派な再構成の試みというわけではありません。貴殿は一つの意味を否定して，それに別の——貴殿の——意味を強いようとされている。これじゃ，こじつけ，強制，ファシスト的な操作です。それに，コッフェラーティは左翼に属し，"ほぼ"というわけではないのです。民衆よ前進せよ，赤旗よ戦闘準備せよ……ああ！　ほんとうに？ムッソーリーニの4000万，ヒトラーの1億2000万，スターリンの2億，あるいは毛沢東の10億の中国人もが……。貴殿は論戦愛から，シニズムに達しておられる。困ったことです。これじゃ，扇動(デマゴギー)です。私の3億8500万名の読者が選んだのは文学であって，独裁じゃありません。私はインテリどうしの会話を考えていたのに，貴殿ときたら……。しかも，私を競売人扱いされている。自制されたい。せめてこれに"羨ましがり屋"をくっつけられるならば，お世辞にでもなるでしょうに。」

　　　　　　　＊　　　＊　　　＊

「私，トッルコ・エンベーオはウンベルト・エコに偶然巡り会った。その日から，私の苦しみが始まった。1世紀の記憶から解放される方法を私は理解していたからだ。そうするには，私は私の家族の4世代を精査しなければならなかった。実は，やらなければ存在しないことになるのだ。そして，実行は手細工品，作品，品物を流布させることにある。歴史の存在するところに砂漠は存在しないし，また，砂漠が存在するところには記憶すべきものは

皆無である。だが、"書簡体小説"は手紙の運送屋が活動する時代についての完全な知識を前提にしている。作家がそれに付け加えることのできる経験が大きいだけ、彼の生涯は大きいことであろう。だが同時に、彼はその時代の人でなくてはなるまいし、本人の背後にまで拡大してはなるまいし、一種の前もって構築された係留、既知の事実の再認、一種の掲示前でなくてはなるまい。

彼の生涯を書き込んでいくとき、私は彼が蓄積していた品物についての私の記憶を空にしたし、私はそれらに元の姿を取り戻させることしかしなかった。私は屋根裏部屋のトランクから、あなたがしまい込んだ品物を抜き取ったのではなくて、その場所に、私をとりこにしたすべてのものを戻したのだ。私は自問もしてみた——私のアナグラム化された同音同形異義語が、なぜ書簡の代わりに記憶喪失者をつくりだしたのか、と。そして自分で出した答えは、流行に動かされたから、というものだった。」

＊　　＊　　＊

収集することはわれわれの時代の一つの現われである。過去への追跡は、消せない喘ぎだ。時を止めようと欲する、引き返そうと試みるのは、前進に潜む悪しき方法だ。だが、流行の犠牲者たちは、新流行が発生するやすぐに滅びる定めにある。おそらく、こういうすべてのことは、ウンベルト・エコに固有のものではなくて、トゥルコ・エンベーオに固有のものだ。私は自問する——音素論的・記号論的（科学認識論的？）な互換性は、はたして精神分裂症を裏づけるのか、それとも共有関係を裏づけるのか？ われわれには決して分からないことなのだろうか？　と。

変装は成功しない。ダヌンツィオ風に近代化されているが、時代遅れな、冗長で教養のある散文、知識・周知事実・既知の事実、といったおよそ存在する一切合財のものに没頭し、素材をいっぱ

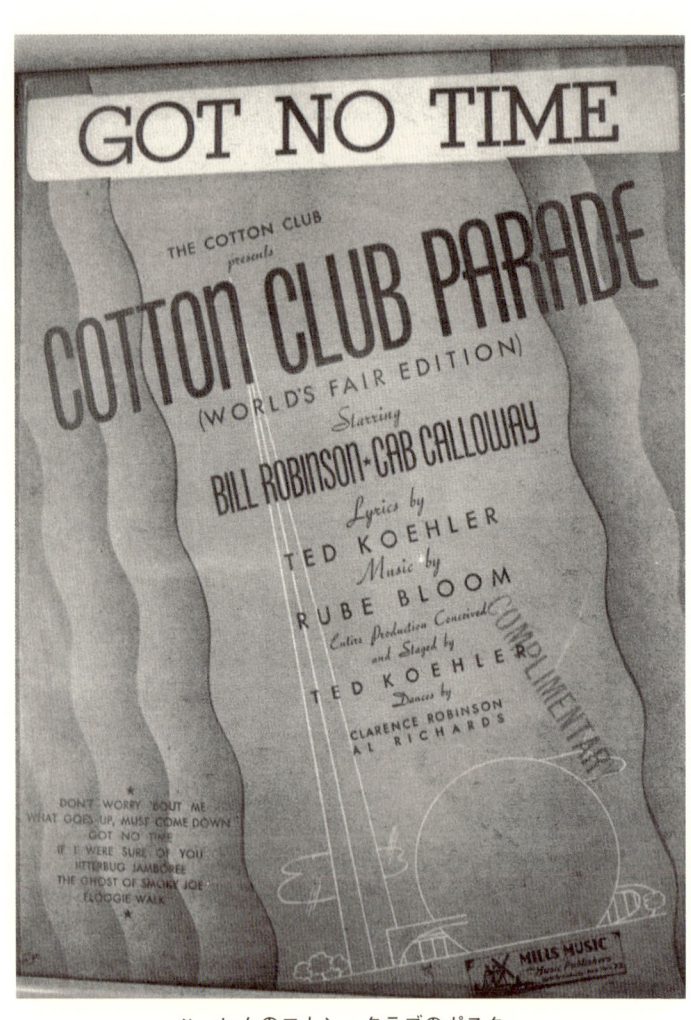

ハーレムのコトン・クラブのポスター

時代のヒット作（ポスター）

ゴードンのアルバム

い詰め込まれた散文でもって実行された変装は。われわれのいまだ知らぬ，しかし確かにわれわれに与えられるであろうようなすべてのことも存在する。この想像力豊かで寄せ集められた散文が垣間見させてくれるのは，一つの期待。要するに，それはアリ・ババの洞窟なのであり，そしてアリ・ババはそこがいろいろの品物でぎっしり詰まっている以上，もはや入り込めないのだ。彼は泣きだす。開け，ゴマ！　彼はもはや喜びを享受できぬため，外にずっと立ち止まったままだ。

　では，職人ヤンボ－エコの作業はどこにあるのか？　それはほかの才能をわれわれに供すること以外に為すすべはあるまい。いつものように，多数は無意味な集合だし，大量はガラクタと化す

ものである。生涯ではなくて、それの無尽蔵のリスト作成。なにしろ、整列された知は、いわば花の上に大量の雨が降るようなものだ。つまり、花が"ずぶ濡れ"になる。知、教養は享受しうるようにしてくれる恵みであるが、それは共有されるという条件づきでの話なのだ——とりわけ、それが宴会での手前みそにほかならない場合には。こういうことは、どんなおもちゃでも所有していた幼児の出来事みたいだ。ほかの幼児たちはみんなのための遊びを工夫して、どこか別の側で一緒に遊んでいたのだ。

　こういうことは、ときどき書物には欠けることがある。どんなに美しい本でも、文学の起源としての、創意工夫、新しさが欠けていることがある。つまり、珍しいもの（物語）（ノヴェッラ）というこの知は、教養から生まれるのではなくて、生け垣の彼方に「最後の地平線のいたるところから視線を排除している」ものを看取する人の才能から生まれるのだ。そうするには、哲学者であるだけでは十分ではない。詩人であることも必要なのだ。この技は超越なのだ。物語るということは暴露行為だし、そうするためには、図書館も、屋根裏部屋のトランクも必要ではない。何かほかのものが必要なのだ。ああ、それが知れたらよいのに！　だが実は、過去を掘り出すのは、現在を逃れ、円の閉じることを克服するための一つの方法なのである。屋根裏部屋を発掘している間に、ヤンボ－エコは興じて、現在を忘れるのだ。それというのも、ここでは邪魔、記憶の障害が生じるからだ。そして、今や満足して忘れる。そして、忘却の中で落ち着くのだ。だから今度は、もう魔法のようなトランクの中にいろいろの品物を探すことを一瞬忘れたとき、『女王ロアーナの謎の炎』（*La misteriosa fiamma della regina Loana*）はまたしてもアナグラムに変装して叫ぶのだ——"Mai nell'agi ami fissare mortal Ade, Loana"〔決して安楽の中に死のハデスを引き留めようと望むなかれ、ロアーナよ〕と。発見

の喜びのあまり，自らの運命を忘れて，ヤンボ‐エコは漫画，暗示作用の奴隷となる。だが実は，もろもろの歴史もこのことに役立っているのだ。したがってまた，屋根裏部屋とトランクの隠喩が無関係なことは，一つの小説を書いたことが無関係なのと同じなのだ。こういうすべての情況のねらいは，スタルジー・ダック叔父さんを入手することにある。つまり，宝に両手を突っ込み，ドルやターレル＊の海につかり，ダイヤモンドのシャワーを浴び，所有の喜びに浸ることにある。至福としての富裕，生存のパラダイムとしての財産。

　ドナルド・ダックがけちな叔父〔スタルージ・ダック〕のことを，「金庫の哲学」というようなものだ。ロレンツォ・イル・マニフィコ，バッカスとアリアドネ，現在を楽しめ（Carpe diem）。だが，まだ第三世界は存在しなかったのだ。それだからこそ，「風が吹いている」の章では，「暴風雨が咆哮し／つぶれた靴でも，行く必要がある……」し，左にウィンクするのであり，その反対のものと類似者が生じているのだ。「岩が音を立てて飛び／鉄面皮なバリッラの／ポルトリアの少年の／名前を奏でる……」。だが，これらはたぶん同じことなのだろう。中に込められた意味は違うのだが。

　だが，突然の心変わりにより（死なざるを得ない弟のことを思い出して）エコは——もはやヤンボではない——炎のほうを振り向き，忠告がてらに自分をアナグラム化してこう言うであろう，"Ami, Loana, ami fissar Ade mortale"〔ロアーナよ，欲しなさい，死のハデスを引き留めようと欲しなさい〕，と。これはエコの謎の炎に対しての，トランクに対しての，屋根裏部屋に対しての，自分自身に対しての勝利なのだろう。待ち望んだ再生だ。

＊　15‐19世紀に流通していた，ドイツ，オーストリアの銀貨。（訳注）

でも、それはいったいなぜか？　これが文学というものなのだ。ほかの者には無用なのだ。ほかの誰も他人の罪をこれ以上に償うことができないだろうことは、われわれにも周知のところだ。

*　　*　　*

　私はステーファノ・バルテッザーギです。今日は。私はこだわりません。Franco Palmieri に関してなら——言葉の暴力を慎みたまえ——自分をアナグラム化することにより、彼のうちには"C'è infimo parlar"〔極悪の弁舌が存在する〕ことを発見するでしょう。さようなら。

*　　*　　*

　最後に笑う者はよく笑うというのは、一つの復讐に過ぎない。最初に見る者はよく見る。なぜなら、彼はすべてのことをただちに理解していたのだから。

*　　*　　*

　だが、森羅万象と同じく、生命と同じく、すべての歴史も周囲（といっても、実際には湾曲しているが）に沿って一見線状に進行するものだし、そして常に地平線を追いながら、われわれは出発点に再び立つことになるであろう。われわれがきたところから、いつもそこに戻るのだ。記憶というものは、今は知らされていないのだが、知ることをわれわれは確信しているし、この確信は最後になって初めて見つかるであろう。ちょうど出来事の期待を最後に初めて明かす書物の中でのことみたいだ。そして、こういう神秘はエコの本のタイトルにもすでに含まれていたのである。どういう介在ないし暗示が隠されているのかは、われわれには決して分かるまい。そしていつも、後戻りの行程においては、正しかっ

たことがあべこべになるものだ。炎は煙となり，女王は魔女となり，物語の筋は生気をなくし，そして，いろいろの書物は屋根裏部屋の中で，将来蘇生されるまで忘れ去られてしまうのだ。しかも，こういうすべてのことはすでに，タイトル *La misteriosa fiamma della regina Loana* のうちに隠されていたのである。このタイトルは集め直し――暴かれることにより――固有の運命から，こうなってしまうのだ，"De La Maga la Misera Trama finì nel Solaio"〔魔女の哀れな筋は屋根裏部屋で終わった〕に。そこに雨漏りがしないことを願いたいもの。ああ！ 意地悪な13個の字母よ！

* * *

われわれがトーテムに振り向くときによく起きるような，フィナーレでのリラへの呼びかけは，文学の破局を観念‐哲学的なそれに結びつけているし，また逆に，天上の浄化作用(カタルシス)があるはずだったときに，生の段階の代わりに消費の数々の対象を通してダンテ風に予示されていた地獄の致命的な災厄へと突進している。したがってまた，*La misteriosa fiamma della regina Loana* は "Lila anima falsa, m'arrendi l'esito a Omega"〔偽りの魂リラよ，私にオメガ（Ω）への出口を委ねたまえ〕に化しているわけだ。そして，こういう絶望的なフィナーレにあっても，ウンベルト・エコの解放へのさらなる試みが加わっているのであり，もう一度，この言語学者は記号論にチップを支払わねばならないのだ。そして最近では，『美の歴史』*（*Storia della Bellezza*）（マントヴァの文学フェスティヴァルで予告されていた）が，彼の手で姿を変えて，著作 "Dall'olezzar bestiale"〔身の毛もよだつよ

---

* 最近，エコは『醜の歴史』（仏訳，独訳あり，2007年。邦訳（東洋書林，2009年））も出している。（訳注）

うな悪臭について〕となっている。ウェルギリウスのマントヴァは，たとえダンテの指導者(メントール)としての彼が天国の敷居に留まることを余儀なくされたとしても，干渉することを認めてはいない。ひょっとして，こういう『美』の香りの中だけなら留まるのかも知れないが。

　言語遊戯は音素を分解したり，意味(シニフィエ)を覆したり，今日読み取れる世界とパラレルな文学界を暴いたりして，懐疑と物思いを導入している。実際，ウンベルト・エコの小説の鍵的テーマの多くを分析すると，それには対立するもう一つの小説が存在することが実証されたのである。一つが他方に勝っている証明，信憑性，真理はいったいどこにあるのか？　われわれの仕事や行動もそうだが，われわれは相反する傾向の中心に居るように運命づけられているのだ。聖書上の対立によって引き裂かれ，有頂天と学識との間での選択を余儀なくされた傾向の中心に。知の樹木がわれわれの上に聳え立っているのだ。学識を自分で選ぶということは，それをすべて知ったことを意味するし，このことは学者たちを挫折させる問題なのだ。

　　　　　　　　＊　　＊　　＊

　ここで，このイラスト入りエッセイを無関係なせせらぎで終えるわけにはいくまい。私が受け取ったものを，そのまま次に転写しておこう。「今日は。私はイラスト入り小説『謎の炎』の著者ウンベルト・エコです。私は干渉することを好みません。作ったり破壊したりすること，それがあなたのなさっていることなのです。ナポリで言われているように（ピエモンテでもわれわれは行為の際にはよく考えるのです），作っては破壊するのも，決して時間の無駄にはなりません。とはいえ，言葉はものぐさです。内密で（著者どうしで！）起きているように，「あなたのイラスト

入りエッセイ」(il tuo saggio illustrato) はあなた本人に向けられていますし，ですから私は次のようにこれをアナグラム化しているのです——"Lui tu solo oltraggiasti"〔君は彼を冒瀆しただけだぞ〕，と」。

でかした，エコ。感動した。これに敬意を表して，私はどちらにもとれる次のような回文を送ることにしたい——"Ed Ei Sorbi l'Arte"〔そして彼は芸術をすすればよい〕。これを逆読みするとこうなる——"E tra Libro Siede"〔中枢は本の間にある〕。では失礼。

*　　*　　*

作品はそれでもって，人が自らの痕跡を残そうとする唯一のしるしなのではない。だが，ある神秘がわれわれを打ちのめす。どうしてヴィタリャーノ・ブランカーティとフランチェスコ・メルロの間では名前を知られているカターニャ人ピッポ・パウドを鼻であしらったりするのか？　とはいえ，エコは彼に1冊の本『バウドリーノ』まで献じて，彼をひどくかわいがっていたのだが。まあ！

*　　*　　*

"13"（Tredici）という記号は音声上はトラディシ（Tradisci「きみは不実だ」）と類音的だし，それはアルファベットの各字母と，これに授けられた数的価いとの間に存在する，今では忘れられ，廃れてしまった関係を暴く。アルファベットには古来，意味が刻み込まれてきたのである。音素が帯び得たのであろうさらなる意味を仄めかそうというのではなく，これらの記号を——それらの隠れた数的価いを知らないばかりに——無分別に使いかねない人びとを用心させるためにも言っておくのだが。真理は存在す

るのだ。それに導く過程は不確かなのだが。言葉というものは往々にして真理をカムフラージュするのだ。言わば,鐙(あぶみ)の使い方を知らずに,遅かれ早かれ落馬する人みたいに。「たぶんそうだろうし,たぶんそうではあるまい」——それはマントヴァの領主ゴンザーガの宮殿の客間の象眼された天井からわれわれに警告している,旧来の懐疑である。ところがここマントヴァでは,書物のことが話題になったり,フェスティヴァルが催されたりして,"イエス"(sì)の理由が誇示されながら,"ノー"(no)の賢明な当てこすりは無視されている。この"ノー"こそが,当然の,動じない,かつ賢明なる*1 チェックのあらゆる手段を有しているのだが。"イエス"の必然的かつ正当な"ノー"に向けての注意深い譲歩こそが,われわれを救っているのである。

　だが,今ではもうロアーナの致命的な抱擁に"ノー"を言うにはあまりにも遅きに失している。われわれがどっぷりと幸せな気分で浸かってしまっているこの強いられた喜びの無意識な隠喩,それがロアーナなのだからだ。

最後に

　アルファベットは21にのぼる*2
　それをここで想起するのも好都合なのだ
　書いたり話したりすることは
　絶えざるリサイクルなのだから

---

* 1 「動ジナイ,動ジルコトハナイノダ,賢明ナル読者ハ」(邦訳『薔薇の名前』訳者解説) 参照。(訳注)
* 2 原著 *Loana & il professore, Pamphlet illustrato verso un'opera di Umberto Eco* に含まれるアルファベットの数。(訳注)

したがってまた,

La misteriosa fiamma della regina Loana は次のように変化することになるのだ。

《SEMIOLOGLA? MA INFIDA:
NELLA TRAMA, LA RESA!》
〔記号論？　ただし当てにはならぬ——
筋立て(陰謀)には降伏した！〕

*　　　*　　　*

一国の文学の衰退はその終焉の徴である。（Ｊ・Ｗ・ゲーテ）

（追記）　すべてのアナグラム・回文・意味の逸脱は，国民言語解放委員会（CLLN）の監修を経てある。図像的資料は20世紀おもちゃ歴史教育博物館（Roma, Via Coronelli 26/A)の提供に拠る。写真とセット一式はマウラ・カヴァルカンティの監修による。

作中人物索引〔著者が作成したもの—訳者〕

Adorno Theodor（テーオドール・アドルノ）　フランクフルトや，学派にも冷淡。

Alì Babà（アリ・ババ）　彼をケーキ屋で混同しないこと。

Alicata Mario（マリオ・アリカータ）　往生際が悪い。

Ambra Jovinelli（アンブラ・ヨヴィネッリ）　未来のチャイナタウンにおける自由劇場。

Ambrogi Silvano（シルヴィーノ・アンブロージ）　コーヒー店のサチュロス。

Anceschi Luciano（ルチャーノ・アンチェスキ）　作家の私があなたの世話をしてあげる。

Andreotti Giulio（ジューリオ・アンドレオッティ）　最後に笑う者はよく笑う。

Angela Piero（ピエロ・アンジェラ）　たまたま引用。

Angelini Cinico（チニコ・アンジェリーニ）　ほぼグレン・ミラー。

Arbasino Alberto（アルベルト・アルバジーノ）　イタリアの同胞であり，かつイタリアの強力な同胞。

Arbore Renzo（レンツォ・アルボレ）　鼻歌，演奏，球技がうまい。

Archinto Rosellina（ロゼッリーナ・アルキント）　ミラノのインテリゲンチャ。

Arcibaldo e Petronilla（アルチバルドとペトロニッリャ）「コッリエーレ少年版」より。

Aristotele（アリストテレス）　面白半分に引用。

Arlow Jane（ジェーン・アーロウ）　元フェミニストの映画製作者。

Ascari Antonio（アントニオ・アスカリ）　ディスコで興奮した後の，土曜日の夜のライヴァル。

Asor Rosa Alberto（アルベルト・アソル・ローザ）　文学の大臣。

Astaire Fred（フレッド・アステア）　どうか，踊ってくれたまえ。

Balla Giacomo（ジャコモ・バッラ）　ボッチョーニ，マリネッティおよび未来派を参照。

Bally & Sechehaye（バイイとセシュエ）〔ソシュールの〕弟子たち。

Banfi Lino（リーノ・バンフィ）　もう誰からも注目されてはいな

い。

Barolo（バローロ）　重要人物。

Bartezzaghi Stefano（ステーファノ・バルテッザーギ）　破壊的な門弟。

Baudo Pippo（ピッポ・バウド）　TVに出過ぎるとうまくいき，あまり出ないとまずくなる。

Beltrame Achille（アキッレ・ベルトラーメ）　イラストが歴史になった。

Bennato Edoardo（エドアルド・ベンナート）　カンツォネッタに過ぎない。

Bennett Gordon（ゴードン・ベネット）　オイルバンのレーサーで，ジャーナリスト。

Benni Stefano（ステーファノ・ベンニ）　ノイローゼになっている。

Berardinelli Alfonso（アルフォンソ・ベラルディネッリ）　大学の年金受給者。

Berenson Bernard（ベルナール・ベレンソン）　信じ難いぐらい尊敬されているが，むしろ商人だ。

Bernabei Ettore（エットーレ・ベルナベイ）　TVをやってくる前から知っていた。

Bernabou Marcel（マルセル・ベルナブー）　修正主義の学部長。

Bonucci Alberto（アルベルト・ボヌッチ）　やはり意地悪屋だ。

Brecht Bertolt（ベルトルト・ブレヒト）　過剰評価されている。

Bignami Marta（マルタ・ビニャーミ）　勉強好きで，防護されている大学教官。

Binda Alfredo（アルフレード・ビンダ）　グウェッラを参照。

Blasetti Alessandro（アレッサンドロ・ブラセッティ）　カメリーニを参照。

Blixen Karen（カレン・ブリクセン）　フィヨルドでは大寒だ。アフリカのほうがまし。

Boccioni Umberto（ウンベルト・ボッチョーニ）　マリネッティおよびバッラを参照。

Bodoni Giambattista（ジャンバッティスタ・ボドーニ）　しっかりした人。

Bompiani Valentino（ヴァレンティーノ・ボンピアーニ）　スペイン広場で娘ジネーヴラを抱擁している。

Bonaventura（ボナヴェントゥーラ）　紳士。セルジオ・トファーノを参照。

Bongiorno Mike（マイク・ボンジョルノ）　終身免職不能である。

Borgna Gianni（ジャンニ・ボルニャ）　イタリア歌謡曲（文化を冷やかすためでもある）の

歴史家。

Bramieri Gino（ジーノ・ブラミエーリ）（キンタルを超えた）大役者。

Brancati Vitaliano（ヴィタリアーノ・ブランカーティ）火山の守り神の大地カターニャ出身。

Buazzelli Tino（ティーノ・ブアッツェッリ）（キンタルを超えた）大役者。

Caio Giulio Cesare（ガイウス・ユリウス・カサエル）本書とはあまり関係ない。

Calvino Italo（イタロ・カルヴィーノ）先祖に固執している。

Camerini Mario（マリオ・カメリーニ）シネマテークに所属。

Camus Albert（アルベール・カミュ）『転落』の後，なぜか自動車で走っている。

Capitan Cocoricò（ココリコ隊長）「コッリエーレ少年版」より。

Capitan Fanfara（ファンファラ隊長）ヤンボの作品。

Caprioli Vittorio（ヴィットーリオ・カプリオーリ）風刺はまなざしにある。

Carpi Fiorenzo（フィオレンツォ・カルピ）凝りすぎの音楽に肩入れしている。

Cavalleri Cesare（チェーザレ・カヴァッレーリ）『読本』を読むのは，何という楽しみか！

Ceronetti Guido（グイード・チェロネッティ）彼の1冊も私にはあまり見当たらない。

Cesarani Remo（レモ・チェザラーニ）非エッセイスト。

Chatwin Bruce（ブルース・チャトウィン）もし彼がロンドンに居残ったとしたら？

Chirac Jacques（ジャック・シラク）ミッテランを参照。

Chomsky Noam（ノウム・チョムスキー）反感と勇気。

Churchill Winston（ウィンストン・チャーチル）葉巻き，涙，血をもった画家。

Ciccio e Franco（Franchi e Ingrassia）（チッチョとフランコ——フランキとイングラッシア——）遅い時間のコンパディア・デッラルテ。

Cino e Franco（チーノとフランコ）ブルース・チャトウィンの友だち。

Cita（チータ）ターザンの小猿，といっても人間味がある。

Citati Pietro（ピエトロ・チターティ）もっともよく引用されるが，無関心を装っている。

Ciuffettino（『チュッフェッティーノ』）ヤンボの作品。

Clarabella（クララベッラ）ガチョウおばさんを参照。

Clements Jonathan（ジョナサ

ン・クリメンツ） シュールレアリスムの小話に出てくる。

Clinton Bill（ビル・クリントン） 本書とどんな関係がある？

Cofferati Sergio（セルジオ・コッフェラーティ） ボローニャの中国人。中国人たちは知らない。

Colasanti Arnaldo（アルナルド・コラサンティ） エンザ・サンポーとコンビを組んで，ある日，連続テレビドラマに出演。

Collura Matteo（マッテーオ・コッルーラ） "退屈と情念"と読むこと。

Conti Paolo（パオロ・コンティ） われわれは博物館でも彼に会うことを期待しているのだが，みなさんは「コッリエーレ」で見つけられたい。

Cordelli Franco（フランコ・コルデッリ） 私とどんな関係があるのだろうか？

Costa Corrado（コッラード・コスタ） 愛情から引用。

Cotroneo Roberto（ロベルト・コトロネーオ） 開始はしていたのだが，どのように終わったのかは知らされていない。

Crosby Bing（ビング・クロズビー） ぴんと突き出た耳をしていたのだが，実にうまく歌っていたため，テディ・レノを教えるほどになった。

Crusoe Robinson（ロビンソン・クルーソウ） やむなく，独身を通した。

De Benedetti Paolo（パオロ・デ・ベネデッティ） エッセイスト？

De Chirico Giorgio（ジョルジョ・デ・キリコ） 悲しみが気に入っている。

De Crescenzo Luciano（ルチャーノ・デ・クレシェンツォ） キャバクラの哲学。

De Gaulle Charles（シャルル・ド・ゴール） 本書ではあまり関係がない。

De' Giorgi Elsa（エルサ・デ・ジョルジ） カルヴィーノに執着している。

De Mauro Tullio（トゥリオ・デ・マウロ） 大臣が言語学をかげらせることのできる時代の人。

De Rienzo Giorgio（ジョルジョ・デ・リエンツォ） あなたが本を買ったことを後悔させることのできるような人。

De Saussure Ferdinand（フェルディナン・ド・ソシュール） 強迫観念としての言語学。

Del Buono Oreste（オレステ・デル・ブオノ） 大物からも忘れ去られている。

Delfini Antonio（アントニオ・

デルフィーニ）　すべての苦境が文学を損なうわけではない。

Di Montezemolo Luca（ルカ・ディ・モンテゼーモロ）　フェラーリを企業にするのは簡単だ。

Di Stefano Paolo（パオロ・ディ・ステーファノ）　成長中。

Diana（ディアーナ〔アルテミス〕）　アクタイオンこそ哀れだ。

Dickens Charles（チャールズ・ディケンズ）　昇華された大衆作家。

D'Orrico Antonio（アントーニオ・ドッリーコ）　カラーブリアの批評家にして倉庫業者。

Dossena Giampaolo（ジャンパオロ・ドッセーナ）　言葉の外見を決して信用したりはしない。

Durano Giustino（ジュスティーノ・ドゥラーノ）　仲間内で、傷つけている。

Eco Umberto（ウンベルト・エコ）　ボローニャのアメリカ人。ロアーナの友人。

Fallaci Oriana（オリアーナ・ファッラーチ）　ずうずうしい砲兵隊長。

Fanfulla（ファンフッラ）　映画はヴァラエティーだ。

Fielding Henry（ヘンリー・フィールディング）　ハエどもが殺している。

Flynn Errol（エロル・フリン）　口ひげを生やしていた！

Fo Dario（ダリオ・フォー）　喋りながら笑う役者の典型。

Foucault Michel（ミシェル・フーコー）　知るために名づけている。

Frankenstein（フランケンシュタイン）　周囲にうようよいる。

Frassineti Augusto（アウグスト・フラッシネーティ）　大臣に抗議するトラヴェット氏〔ベルセッツィオ『トラヴェット氏の悲惨』中の主人公〕。

Fratini Gaio（ガイオ・フラティーニ）　カフェGBVの頑固な風刺詩人。

Froebel Friedrich（フリードリヒ・フレーベル）　教養露出症のせいで引用。

Gogia（ジャジーア）　マリア・デ・フィリッピには素晴らしい、周辺部のわざとらしい人物。

Giammanco Roberto（ロベルト・ジャンマンコ）　漫画も文学になった。

Giorello Giulio（ジューリオ・ジョレッロ）　数学は一つの意見だ。

Goethe Wolfgang（ヴォルフガング・ゲーテ）　彼が欲しい！

Goldsmith Oliver（オリヴァー・ゴールドスミス）　意味（シニフィエ）の変革者。

Goldman Fredy（フレディ・ゴールドマン）　著者のためのニュー

ヨークからの通信員。

Golino Enzo（エンゾ・ゴリーノ）　はなはだ洗練されている。

Grable Betty（ベティ・グレイブル）　ハリウッドの人為的神話上の人物。

Guerra Learco（レアルコ・グエッラ）　自転車が自転車競技者のことをもっと考えていた時代の人。

Guglielmi Angelo（アンジェロ・グリエルミ）　文学に没頭させるという災厄の責任者。

Gutenberg G. Johannes（ヨハンネス・G・グーテンベルク）　後に，「ニューヨーク・タイムズ」に到達した。

Guttuso Renato（レナート・グットゥーゾ）　モラーヴィアが書くようなやり方で画いている。

Huizinga Jan（ヤン・ホイジンハ）　われわれから遊ぶ喜びを損ねた。

Jacovitti（ヤコヴィッティ）　絵だけで十分だ。

Jane（ジェーン）　ターザンを参照。

Kezich Tullio（トゥリオ・ケジク）　かつての映画はどこにいったのか？

Kramer Alex（アレックス・クレーマー）　ヴァイオリンをもってプラハからニューヨークに移住。

Kramer Gorni（ゴルニ・クレーマー）　イタリア・ミュージカルでもっとも美しい。

Langone Camillo（カミッロ・ランゴーネ）　一つの掘り出し物。

Lewis Sinclair（シンクレア・ルイス）　こういう田舎をわれわれも持ちたいものだ。

Lizzani Carlo（カルロ・リッツァーニ）　親愛なディーノ・リージだって，すでに存在している。

Lotar（ロータル）　マンドレークの漫画の中で生きている。〔アフリカ出身の黒人。（訳注）〕

Lucy（ルーシー）　マファルダを参照。

Macario（マカリオ）　巻き毛のトリーノ人。

Mafalda（マファルダ）　ミンニーを参照。

Malerba Luigi（ルイージ・マレルバ）　転居したが，「カフェ」では同じままだ。

Mandrake（マンダラゲ）　シルヴァン（森の精）以前だが，もっと当てになる。

Manganelli Giorgio（ジョルジョ・マンガネッリ）　たいそう悲惨でかつ勇敢な人。文学の剪定会で皮肉なことに選出された。

Mann Thomas（トーマス・マ

ン） 小説があらゆる世代のことを語っていた時代の人。

Marietta（マリエッタ） ウンベルト・エコの女教師。

Marinetti（マリネッティ） ボッチョーニおよび未来派を参照。

Marsh Madeleine（マドレーヌ・マーシュ） エコの強迫観念。

Martinelli Luciana（ルチャーナ・マルティネッリ） クラクシ時代の社会主義エッセイスト。

Mauro Walter（ワルター・マウロ） ジャズと文学。

Merlo Francesco（フランチェスコ・メルロ） ブランカーティおよびピッポ・バウドを参照。

Milanese Cesare（チェーザレ・ミラネーゼ） がむしゃらなフリウーリ地方の出身。

Miller Glenn（グレン・ミラー） みんなから持ち上げられて，これが彼にとり命とりとなった。

Minnie（ミンニー） クララベッラを参照。

Mitterrand François（フランソア・ミッテラン） ド・ゴールを参照。

Moggendorfer Lothar（ロタール・モッゲンドルファー） ドイツの飛び出し仕掛け本のもっとも偉大な考案者

Mondo Operaio（「モンド・オペライオ」） 除外。

Monroe Marilyn（マリリン・モンロウ） 場違いに引用されている。

Moravia Alberto（アルベルト・モラーヴィア） グットゥーゾが画くようなやり方で書いている。

Munari Bruno（ブルーノ・ムナーリ） 独創的な宣伝をした。

Mussino Attilio（アッティリオ・ムッシーノ） ピノッキオのもっとも有名なイラストレイター。

Mussolini Romano（ロマーノ・ムッソリーニ） ヴィラ・サヴォイアでジャズを演奏した。

Nonna Papera（ガチョウおばさん） 周囲にたくさん見かける。

Nuvolari Tazio（タツィオ・ヌヴォラーリ） 怒っているのは，なぜ？

Olivia（オリヴィア） 根っからの食欲不振者。

Osiris Wanda（ワンダ・オシリス） 階段から落下したことはない。

Otto Natalino（オット・ナタリーノ） 独りだけで歌っている。

Pacchiano Giovanni（ジョヴァンニ・パッキアーノ） 読んだり，楽しんだり，苦しんだりしている。

Palazzeschi Aldo（アルド・パラッツェスキ） ローマ在住のヴェ

ネツィアの狡猾男。

Pansa Giampaolo（ジャンパオロ・パンサ）　以前はジャンパオロとパンサであったに違いない。

Paolini Pierfrancesco（ピエルフランチェスコ・パオリーニ）　カフェのあるセニガッリアの海はなんと素晴らしいことか。

Pareyson Luigi（ルイージ・パレイソン）　師匠たちがいつも威圧するとは限らない。

Parenti Franco（フランコ・パレンティ）　今日では，劇場になっている。

Pasolini Pier Paolo（ピエル・パオロ・パゾリーニ）　プロレタリア修辞学の一つの手段。

Pavese Cesare（チェーザレ・パヴェーゼ）　不器用な文学者。

Pedullà Walter（ワルター・ペドゥッラー）　この世では批評家でもある。

Perec Georges（ジョージ・ペレス）　フランス系イディッシュの作家ペレの孫。『人生，使用上の注意』はカルヴィーノによって移入された。

Peretz Mico（ミーコ・ペレス）　著者の祖父。

Piccioni Piero（ピエロ・ピッチョーニ）　アルベルト・ソルディのために作曲した。

Pinocchio（ピノッキオ）　特に田舎道では松に注意。

Pinochi（ピノッキ）　少年用作家エンリーコ・マウロのペンネーム。

Pio IX（ピウス9世）　彼のおかげで，クイリナーレの丘は存在する。

Piovene Guido（グイード・ピオヴェーネ）　別世代の人。

Pisani Vittorio（ヴィットーリオ・ピザーニ）　「トリブーナ・イルストラータ」のイラストレーター。

Pizzuto Antonio（アントニオ・ピッツート）　警察署長たちが書いているとき，泥棒たちは喜んでやってのける。

Poli Paolo（パオロ・ポーリ）　しとやか。

Ponti Francesco（フランチェスコ・ポンティ）　珍しい愛書家で愉快な本屋。

Proust Marcel（マルセル・プルースト）　ウンベルト・エコには知られていない。*

Pulitzer Prize（ピューリッツァ賞）　ストレーガ賞よりはまし。

Queneau Raymond（レーモン・クノー）　花は青いとき，ちく

---

*　これは事実に反する。たとえば，谷口編訳『エコの翻訳論』（而立書房，1999年〔韓国語訳，2005年〕）37頁を参照。（訳注）

ちくさせる。

Rascel Renato（レナード・ラシェル）　ミュージカルの拠りどころ。

Rea Domenico（ドメニコ・レーア）　無力なナポリ人たちを理解するための人。

Roger Ginger（ジンジャー・ロジャー）　後の炭酸飲料（ソーダ）。

Roth Philip（フィリップ・ロス）　冷たいステーキ２切れをもってでは近寄れない。

Ruspoli donna Claudia（クラウディア・ルスポーリ夫人）　ヴィニャネッロ地方の王女。文化推進者。

Sabelli Fioretti Claudio（クラウディオ・サベッリ・フィオレッティ）　新聞では失脚したヴィテルボ地方の貴族。回答よりも質問が多い。

Salinari Carlo（カルロ・サリナーリ）　支柱になっている。

Salinger Jerome（ジェローム・サリンジャー）　失われた世代。

Scalfari Eugenio（エウジェニオ・スカルファリ）　少しの間，ひどく騒がれた。

Schlemihl Peter（ペーター・シュレミール）　不器用者の哲学の始まり。

Sechehaye & Bally（セシュエとバイイ）　快楽のための言語学者たち。

Senofonte（クセノフォン）　気晴らしのために引用。

Sgarbi Vittorio（ヴィットーリオ・ズガルビ）　癇癪を楽しんでいる。

Simonetta Umberto（ウンベルト・シモネッタ）　ミラノを風刺。

Sinigaglia Alberto（アルベルト・シニガーリア）　即興の批評家。

Shroni Mario（マリオ・シローニ）　男は偉大，女も偉大。

Sor Pampurio（パンプリオさん）　「コッリエーレ少年版」より。

Sordi Alberto（アルベルト・ソルディ）　マイル標石（一里塚）。

Starobinski Jean（ジャン・スタロバンスキ）　彼を引用すると効果は大きい。

Superman（スーパーマン）　ほかに何を付け加えようぞ。

Tarzan（ターザン）　ジェーンを参照。

Temple Shirley（シャーリ・テンプル）　成人しても神童。

Thery Leon（レオン・テリー）　ゴードン・ベネットの勝者。

Tobino Mario（マリオ・トビーノ）　医者か作家か？

Tofano Sergio（セルジオ・トファーノ）　ボナヴェントゥーラ氏の

冒険，ここに始まる。

Tornabuoni Lietta（リエッタ・トルナブオーニ）　映画食い。

Tosa Marco（マルコ・トーザ）　高価なおもちゃだが，私はもっと高価だ。

Totò（トトー）　とどのつまり，夢想家だった。

Trombadori Antonello（アントネッロ・トロンバドーリ）　フィナーレのほうがまし。

Turco Embèo（トゥルコ・エンベーオ）　同人の分身。

Uomo Mascherato（マスクマン）　同定不能。

Ustinov Peter（ペーター・ウスティノフ）　（キンタルを超えた）大役者。

Valeri Franca（フランカ・ヴァレーリ）　このきざなお嬢さんがスカーラ座に成り上がっている。

Varzi Achille（アキッレ・ヴァルツィ）　自動車のほこりを食っている。

Vattimo Gianni（ジャンニ・ヴァッティモ）　閉め出された者の範囲外にいる。

Veltroni Walter（ワルター・ヴェルトローニ）　悲しいのは過去のせいか未来のせいか？

Vicari Giambattista（ジャンバッティスタ・ヴィカーリ）　サチュロスの頭とヤギの顔をしている。

Vispa Teresa（テレサ・ヴィスパ）　フェミニストたちに嫌われている。

Vissani Carlo（カルロ・ヴィッサーニ）　きみもやはり。

Vollaro Saverio（サヴェーリオ・ヴォッラーロ）　カフェでは何と頭痛がすることか。

Von Heidelberg Kurt（クルト・フォン・ハイデルベルク）　あまりよく同定されてはいない。

Yambo（ヤンボ）　少年向きの本の作者エンリーコ・ヴェッリのペンネーム。

Zarathustra（ツァラトゥストラ）　本文中には現われていない。

訳者あとがき

　ウンベルト・エコはその姓エコが"森の精"（エコー）であるのにも似て，世界中に反響していることは今さら言うまでもあるまい。当然ながら，好意的反応ばかりとはいかず，悪意・嫉妬・嫌みのあるそれも充満している。*1 ある意味では本書は後者の代表格かも知れない（おかげで，エコと同郷のイタリアの友人からは共訳を拒絶されてしまった。本当はこの種の本はイタリア人の協力なくしてはほとんど無謀な訳となりかねないのだが）。

　それにしも翻訳に踏み切った理由は何か？　一つには，エコの"パン屑拾い"だとはいえ，ことはそれほど簡単にはすまされない，興味津々たる問題を夥しく孕んでいるからだ。二つには，パルミエーリのこの裏(逆)読みがナポリ人一流の十八番（おはこ）たる，アナグラム・回文・字謎に充満しているからだ。Umberto Eco やその作品（『バラの名前』，『フーコーの振り子』）をゲマトリアその他のゲームとして読解する試みはすでにM・ターラモが行っていて，*2 珍しいことではないが，パルミエーリの凄さは質量ともその比ではない。ソシュールも啞然とすることだろう。しかも *La misteriosa fiamma della regina Loana* という（34個の字

---

*1　日本では，「（ほかに大事なものがいっぱいあるのに）エーコの参考書みたいなものしか出ない」（「図書新聞」）と大見得を切る御仁が現われた！（日本の著名批評家だ。) Ma gavte la nata!! Nosce te ipsum!!! なお，英米では2009年に2冊，イタリアでは2008-9年に3冊もエコ研究書が出版されたことを付記しておく。

*2　拙訳『U・エコ「フーコーの振り子」指針』（而立書房，1990年），267-291頁参照。同じくナポリ人のクレシェンツォ（拙訳）の『物語ギリシャ哲学史II』（而立書房，2002年）冒頭でもそれは行われている。

母は言うに及ばず）異なる字母13個もを自由に駆使して"名人芸"よろしく鮮やかな結果を，「これでもか，これでもか」と言わんばかりに終始展示しているのである。よくもまあ，これほどまでに，と舌を巻くほかあるまい。

　ただの風刺的エッセイ（pamphlet）ではないことは，本文中にエコによる抗議まで出現させて，パルミエーリにカウンターパンチを浴びせさせるという念の入れようからも明らかである。冒頭に出てくる，幼児期のエコが教師の質問に"回文"を見抜いたという賛辞も見逃せまい。（「エーコの参考書みたいなもの」というような低レヴェルとは違うのだ。）

　とにかく，エコの作品は必ずすべて"問題"を含んでいることに変わりはない（小説の邦訳は違った意味で——低レヴェルで——これまたとんでもない問題を孕んでいる。しかも何と邦訳者は"賢者"ぶっているのだから（μωρο-σόφος!)，もうこれに「つける薬」もなく，お手挙げというしかない。* 問題の問題の問題……山積みということになる。（嗚呼！　日本は痴愚神に乗っ取られたか？）それだけに，われわれはどこからでも入り込んでいけるわけだ。訳者だけが"微苦笑"を独り占めするのでは申しわけない。是非とも扉を叩かれるよう，多くの人びとを誘わないではおれない——"知と痴愚"の饗宴に。これほど面白いものはあるまい。さらにご関心の向きには「モロソフィア叢書」（而立書房刊行中）を繙いていただきたい。「ものを書くときにはいつも，にこにこ楽しんでやるのが大切」（F・ゲルマノス。N・パパニコ

＊　近刊予定の（谷口訳）C・マルモ『「バラの名前」校注』（而立書房）をご覧になれば，"Non in commotione, non in commotione, Dominus"〔邦訳は「動ジナイ，動ジルコトハナイノダ，主ハ」(!?)〕の原文が，実は『バラの名前』の根本問題であることがお分かりになろう。実にしても，邦訳『薔薇の名前』はなんという問題作よ。

ラウ『ヘタイラは語る　かつてギリシャでは……』(拙訳)而立書房, 2006年, 10頁) という言葉に快哉(かいさい)を叫びつつ, 筆を措くことにする。

2009年9月30日

谷口伊兵衛

(付記)「あとがき」にも言及しておいたように, 本書は訳者の関知しない史実が充満している。そのため, とんでもない「取リ違エ」(「実質ノ取リ違エ」*!)を犯しているかも知れないことをあらかじめお断りしておかねばならない。ぜひとも大方からのご指摘, ご教示を賜りたいと切望する次第である (いつでも訂正するつもりである)。

　もちろん, 『女王ロアーナの謎の炎』に対する肯定的な評価もイタリアでは出ている (T・シュタウダー (谷口訳)『ウンベルト・エコとの対話』(而立書房, 2007年), 204頁参照)。バランスを取るためにも, いずれこういうものも紹介する所存なので, 篤学の士からの是非ともご支援を期待したい。("空しい"期待だということは百も千も覚悟の上で。さもなくば, こんな訳業(こう)を続けられはしない。訳者は実はエコのひどい邦訳のおかげで "セレンデピティー" まで体験させてもらったのだ！　拙稿「痴愚は "この世で一番の贈り物"？──U・エコ邦訳から飛び出したセレンディピティー」「流域」№ 65 (2009年8月) 参照。)

　S・グリフィス編 (渡辺政隆・松下展子訳)『世界の知性が語る21世紀』(岩波書店, 2000年) 中でも, U・エコが載っている。この事実を「エーコの参考書みたいなもの」と発言する日本のオピニオン・リーダーはどう思うのか。ぜひ訊きたいものだ。

＊　お断りするが, オッカムの原文〔エコが引用〕"suppositio materialis" にこんな "狂った" 意味はない。出版元よ, マルモ『校注』が出る前にいい加減に目覚めて, "愚訳" を至急回収されてはいかが？　恥の垂れ流しに弁を閉めるときでは？

〔訳者紹介〕

谷口　伊兵衛（たにぐち　いへい）

　1936年　福井県生まれ
　1963年　東京大学修士（西洋古典学）
　1970年　京都大学大学院（伊語伊文学専攻）博士課程単位取得
　1975年11月-76年6月　ローマ大学（イタリア政府給費）留学
　1999年4月-2000年3月　ヨーロッパ，北アフリカ，中近東で研修
　1992-2006年　立正大学文学部教授，2006年停年退職，同年4月より非常勤講師
　主著訳書『クローチェ美学から比較記号論まで』
　　　　　『ルネサンスの教育思想（上）』（共著）
　　　　　『エズラ・パウンド研究』（共著）
　　　　　『都市論の現在』（共著）
　　　　　『中世ペルシャ説話集――センデバル――』
　　　　　「教養諸学シリーズ」既刊7冊（第一期完結）
　　　　　「『バラの名前』解明シリーズ」既刊7冊
　　　　　「『フーコーの振り子』解明シリーズ」既刊2冊
　　　　　「アモルとプシュケ叢書」既刊2冊ほか

ウンベルト・エコ作「女王ロアーナの謎の炎」逆(裏)読み

2010年6月25日　第1刷発行

定　価　本体1500円+税
著　者　フランコ・パルミエーリ
訳　者　谷口伊兵衛
発行者　宮永捷
発行所　有限会社而立書房
　　　　〒101-0064　東京都千代田区猿楽町2丁目4番2号
　　　　振替　00190-7-174567／電話　03(3291)5589
　　　　FAX 03(3292)8782
印　刷　株式会社スキルプリネット
製　本　有限会社岩佐

落丁・乱丁本はお取り替えいたします。
©Ihei Taniguchi 2010. Printed in Tokyo
ISBN978-4-88059-357-9　C0010